KB114815

The Record of

재중
귀환록

FUSION FANTASTIC STORY
푸른 하늘 장편 소설

재중 귀환록 3

푸른 하늘 장편 소설

초판 1쇄 찍은 날 § 2014년 4월 25일
초판 1쇄 펴낸 날 § 2014년 4월 28일

지은이 § 푸른 하늘
펴낸이 § 서경석

편집부장 § 권태완
편집책임 § 박가연

펴낸곳 § 도서출판 청어람
등록번호 § 제387-1999-000006호
등록일자 § 1999. 5. 31
어람번호 § 제1-1834호

주소 § 경기도 부천시 원미구 부일로 483번길 40 서경B/D 3F (우) 420-822
전화 § 032-656-4452팩스 § 032-656-4453
http://www.chungeoram.com
E-mail § chungeorambook@daum.net

ISBN 979-11-5681-991-2 04810
ISBN 979-11-5681-939-4 (세트)

The Record of
Dragon's
Return

재중
귀환록

③

퀸 오브 썬라이즈

푸른 하늘 장편 소설

FUSION FANTASTIC STORY

도서출판
청어람

CONTENTS

Chapter 01
퀸 오브 썬라이즈

재중귀환록

딸각~

재중은 카페를 하게 되면서 자주 밖에 나오지 않지만, 그래도 가끔은 나오게 되는 경우가 있다.

그리고 그럴 경우 가능하면 주변의 눈에 띄는 커피전문점이나 아무리 작은 카페라도 가서 그곳의 커피를 사서 맛보려고 했다.

뭐, 직업병과 같은 습관인 것이다.

지금도 근처 눈에 띈 커피전문점에서 산 커피를 들고 잠시 생각을 정리하며 주변의 아파트 놀이터에 앉아서 쉬는

중이다.

"향이… 약한데."

보통 사람은 도저히 따라올 수 없는 예민한 후각을 지닌 재중의 코다. 재중은 테이크아웃을 해온 커피의 뚜껑을 열자 풍겨오는 커피 향에 저도 모르게 고개를 저었다.

물론 지금 재중이 손에 들고 있는 커피를 산 곳은 어디서나 흔하게 볼 수 있는 작은 카페, 아니, 카페라기보다는 커피를 테이크아웃 전문으로 판매하는 곳이라고 해야 할 만큼 작은 곳이기에 처음부터 크게 기대하진 않았다.

하지만 테라가 자신만의 방법으로 블렌딩한 커피의 향을 매일 맡으면서 지내온 재중이 로스팅이 끝난 지 제법 시간이 지난 커피의 향에 만족하지 못하는 것은 어쩌면 당연했다.

재중이 수망으로 로스팅하자마자 테라의 아공간에 보관해 영원히 맛과 향이 변하지 않는 재중의 카페 커피와 길가의 흔하게 보는 커피의 원두가 같을 수가 없으니 말이다.

"연아에게는 비밀로 해야겠지."

알래스카에서 재회해 이야기하는 도중에 삼촌에 대한 말이 나올 때마다 움찔거리던 연아의 모습을 재중은 지금도 기억하고 있었다. 때문에 연아에게는 삼촌을 찾았다는 말은 하지 않을 생각이다.

이제 잊고 지내는 연아에게 이제 와서 삼촌의 등장은 오히려 혼란만 줄 수 있으니 말이다.

거기다 재중이 하려는 복수에 연아가 오히려 방해가 될지도 몰랐다.

길바닥 생활로 세상이 얼마나 처절한지 잘 아는 재중과 달리 연아는 정말 운이 좋아서 좋은 양부모를 만나 바르고 예쁘게 자랐기에 복수하는 것을 오히려 꺼려 할 수도 있었다.

전혀 도움이 되지 않을 게 뻔히 보이는데 굳이 연아에게 알릴 필요는 없었다.

"흑기병."

재중이 나직이 중얼거리자,

―네, 마스터.

재중만 들을 수 있는 흑기병의 목소리가 머릿속에 울린다.

"어디쯤이지?"

―현재 시내를 벗어나 외곽으로 향하고 있습니다.

"그래."

―그보다 마스터, 저번에 전희준 씨와 연결되어 있던 녀석들 처리하신 일 기억하십니까?

"응? 그 시민대출인가 하는 녀석들이랑 조폭들?"

─네. 우연인지 아닌지는 모르겠지만 지금 제가 뒤쫓아 가고 있는 차에서 빠루파와 서민대출에 대한 이야기가 자주 들리고 있습니다.

"응? 왜 그 녀석들 이야기가 나오는 거지?"

재중이 흑기병의 말에 의외라는 반응을 보였다.

─아무래도 연관이 있는 듯합니다.

"음……."

흑기병의 말에 잠시 생각에 잠긴 재중이다. 재중은 삼촌을 봤을 때가 떠올렸다.

그가 타던 차가 확실히 일반적인 사람들이 타기에는 고급 승용차이긴 했다.

특히나 국내 것도 아닌 외제차였기에 재중도 금방 알아봤다.

─마스터, 어떻게 할까요?

혹시라도 자신의 말에 재중의 명령이 달라지지 않을지 짐작한 흑기병이 되물었지만 재중은 우선은 지켜보는 것으로 결정한 듯 말했다.

"우선은 감시만 한다."

이미 재중은 자신의 눈에 띈 이상 지구상 어디에 숨어 있더라도 찾아낼 자신이 있었다.

서두르지 않고 천천히 지켜보면서 어떻게 삼촌이라는 녀

석을 무너뜨릴지 생각해 보기로 한 것이다.

자신이 겪은 고통, 슬픔을 모두 돌려주려면 죽음이라는 것은 오히려 축복을 내리는 일일 테니 말이다.

―당신은~ 사랑 받기 위해 태어난 사람~

"응?"

주머니에서 울리는 휴대폰 음악소리에 꺼내보자 테라의 이름이 찍혀 있다.

고개를 갸웃거리긴 했지만 굳이 영혼이 연결된 재중에게 휴대폰을 썼다는 것은 이유가 있을 것이라 생각하며 받아 보았다.

―마스터.

"웬일로 전화야?"

―저기… 빨리 카페로 오셔야겠어요.

"응? 왜 또 무슨 일 있어?"

테라가 버티고 있는 한 웬만한 문제는 크게 걱정하지 않는 재중이었다.

그렇기에 테라가 자신을 애타게 찾는 게 이상해서 되물어보았다.

―저기… 제가 블렌딩한 커피의 레시피를 사고 싶다는 사람들이 지금 카페를 찾아왔어요.

"블렌딩한 커피 레시피를 사고 싶다는 사람?"

사실 재중은 블렌딩 레시피가 얼마나 가치가 있는지 전혀 알지 못했기에 오히려 테라의 말을 듣고도 쉽게 이해가 가지 않는 표정이다.

그저 테라가 원두를 섞은 것을 주면 수망으로 원두를 볶기만 했던 재중이었으니 어쩌면 당연했다.

하지만 테라의 말투와 목소리를 보면 뭔가 이상한 느낌이 든다.

"너 블렌딩 레시피 주인이 나라고 했지?"

─헤헷, 어떻게 아셨어요?

역시나 테라는 자신의 귀찮음을 피하기 위해 블렌딩 레시피의 주인이 재중이라고 말해 버린 것이다.

물론 테라가 그저 재중을 곤란하게 하려고 그런 것은 아니라는 것쯤은 알고 있다.

테라에게는 애초에 자신의 것이라는 것이 존재하지 않으니 말이다.

가디언은 누군가에게 소속되어야만 안정을 느끼는 존재였다.

즉 테라가 가진 모든 것이 재중의 것이라는 뜻이다.

"알았다. 금방 갈게."

띠릭~

휴대폰을 끊은 재중은 주머니에 다시 집어넣으면서 투덜

거렸다.

"도대체 블렌딩 레시피 따위를 사서 뭐 하자는 거지? 그냥 원두 섞어서 볶으면 되는 건데 말이야."

재중이 보기에는 그저 원두를 볶아서 갈아 내리면 그게 커피가 되는 것이 전부였으니 오히려 지금 카페에 와 있다는 사람들이 이해가 가지 않았다.

블렌딩이라는 과정 자체가 이미 로스팅이 끝난 원두를 섞는 일이니 재중이 볼 일이 없었던 것이다.

그런데 사실 재중뿐만이 아니라 일반적인 사람들도 커피의 블렌딩이 과연 얼마나 값어치가 있는지 알지 못했다.

아니, 알 필요가 없다는 것이 정확했다.

하지만 현실은 재중이 아는 것과 완전히 달랐다.

대표적으로 모카자바라는 블렌딩 커피가 유명한데, 이 커피에 쓰이는 원두는 예멘모카와 인도네시아 자바커피를 서로 섞어서 과일 향이 나는 신맛과 바디감을 돋보이게 만든 대표적인 블렌딩 커피였다.

특히나 블렌딩은 몇 가지 원칙이라기보단 지켜야 할 규칙이 있다.

로스팅된 원두만 쓸 것, 서로 다른 맛을 가진 원두를 섞을 것, 너무 많은 원두를 섞지 말 것.

그리고 무엇보다 중요한 것은 바로 가장 기본이 되는 베이스가 되는 원두를 미리 정해놓고 블렌딩을 해야 새로운 맛을 가진 커피를 만들어낸다는 것이다.

그래야 블렌딩이 완성된다.

*　　　*　　　*

'남미?'

테라의 안내로 자신을 기다리는 사람들을 만났을 때 그들을 보고 재중이 처음 느낀 것이다.

까무잡잡한 피부에 남미 특유의 느낌이 강한 피부 톤이 동남아와 계열과는 또 다른 묘한 매력이 섞여 있었다.

쉽게 한국에서는 볼 수 없는 느낌이라 순간적으로 알아챈 것이다.

"그렉입니다."

"숀입니다."

재중을 본 그들도 느낌만으로 자신들이 기다리던 사람이라는 걸 알았나 보다.

보기 좋은 미소를 지으면서 재중에게 악수를 청하며 자신을 소개하는데 생각보다 한국어를 잘했다.

물론 조금 어눌하고 발음 자체가 느리긴 했지만 듣기에는 무리가 없었다.

그렇지만 무언가 거래를 하려면 원활한 대화는 기본적으로 필요하다.

재중이 슬쩍 포르투갈어로,

"힘드시면 굳이 한국어를 하지 않으셔도 됩니다."

라고 유창하게 말하자 숀과 그렉의 얼굴 표정이 순간 환하게 변한다.

"저희 말을 잘하시는군요."

그렉과 숀은 설마 카페의 주인이라는 사람이 포르투갈어를 이처럼 유창하게 할 줄은 예상하지 못했기에 놀란 표정이다.

그들은 내심 한국을 영어 천국으로 생각하고 있었기에 남미에서 많이 쓰는 포르투갈어로 대화할 일은 없을 것으로 생각했다.

확실히 언어가 통하자 서로 대화하는 속도와 깊이가 달라지는 것은 당연했다.

하지만 그렇기에 빠르게 눈치챌 수밖에 없는 것도 있었다.

"재중 씨는 정말 블렌딩 레시피를 판매할 생각이 없으십니까?"

재중은 15억이라는 액수에도, 자신들의 브랜드를 듣고도 시큰둥했다.

그런 재중의 모습에 그렉은 그동안 비즈니스를 통해 알게 된 경험으로 재중이 거래에 흥미가 없다는 것을 느끼곤 물었다.

"네. 딱히 생각이 없습니다."

단칼에 잘라서 말하는 재중이다.

"혹시 액수가 마음에 들지 않으십니까?"

거래에서 밀고 당기기는 기본이기에 그렉이 원하는 액수를 말해보라는 뜻으로 다시 물어봤지만 시큰둥한 재중의 표정은 변함이 없다.

"돈의 액수는 상관이 없습니다. 저는 그냥 지금이 좋을 뿐이니까요."

"……."

재중의 말에 단번에 얼굴 표정이 굳어버리는 그렉과 숀이다.

지금처럼 거래할 때 가장 난감한 사람들이 바로 재중과 같은 경우라는 것을 그들은 너무나 잘 알고 있었다.

특히나 커피 관련 비즈니스를 오래 해온 이들은 재중과 같이 조용히 지내고 싶어 하는 사람이 의외로 많다는 걸 알았다.

그리고 그만큼 재중과 같은 사람들을 많이 만난 경험이 있기에 설득하기 힘들겠다는 것을 예감했다.

하지만 포기할 수도 없는 게 그들의 사정이었다.

"퀸 오브 썬라이즈, 혹시 들어보셨습니까?"

그렉이 나직하게 재중을 똑바로 쳐다보면서 꺼낸 말에 재중은 고개를 갸웃거렸다.

"그게 뭐죠?"

처음 들어보는 말이다.

그런데 그런 재중의 반응을 지켜본 그렉은 의외라는 표정이다.

"정말 퀸 오브 썬라이즈라는 말을 모르십니까?"

"네."

재중은 저들이 왜 갑자기 이상한 단어를 말하는지 몰랐고, 반대로 그렉과 숀은 설마 재중이 이 단어를 듣고도 모를 줄은 몰랐다는 듯한 표정이다.

"지금 재중 씨가 판매하고 있는 블렌딩 커피의 알려진 이름이 바로 퀸 오브 썬라이즈입니다."

"퀸 오브 썬라이즈… 뭔가 거창한 이름이군요."

블렌딩 커피도 이름과 명칭이 있다는 것을 대충은 알고 있는 재중이다.

하지만 그렉의 입에서 퀸 오브 썬라이즈라는 말이 나오자 조금은 괴리감을 느낀 것도 사실이다.

그냥 마시는 커피에 무슨 퀸 오브 썬라이즈라는 거창한

이름을 붙인단 말인가?

거기다 그런 이름이 있었다면 테라가 재중에게 말하지 않았다는 것도 이상하다.

그저 웃고 마는 재중이었다.

하지만 그런 재중의 반응에 그렉은 정말 재중이 지금 자신이 블렌딩 해서 파는 커피의 가치를 전혀 모른다고 판단했다.

"설마 했는데… 정말 모르고 만들었다니……."

허탈한 그렉은 재중을 보면서 빠르게 고민했다.

돈에 크게 욕심이 없는 재중이기에 액수로 거래를 밀고 나가는 것은 오히려 거부감만 심어줄 수 있다고 판단하고 다르게 접근하기로 한 것이다.

"퀸 오브 썬라이즈가 모습을 드러낸 것은 영국이었습니다."

그리고 그렉은 재중이 알지 못하는 퀸 오브 썬라이즈에 대해서 설명하기 시작했다.

재중은 전혀 생각지도 못한 전설 같은 이야기였다.

30분가량 그렉의 이야기를 듣던 재중은 설마 자신이 파는 커피가 이 정도일 줄은 몰랐다는 표정을 지었다.

그렉은 최소한 재중에게 호감을 샀다는 생각에 나름 만족스런 표정이다.

"그러니까 제 카페에서 파는 블렌딩 커피가 영국에서 잠깐 나타났다 사라진 퀸 오브 썬라이즈와 맛이 똑같다는 말이군요."

"네, 그건 확실합니다. 저희 본사에서 그렇게 확인했다면 100% 확실한 겁니다."

자신에 찬 그렉의 말에 재중은 오히려 고개를 갸웃거리면서 물었다.

"그런데 이미 사라진 블렌딩 커피인 퀸 오브 썬라이즈의 맛을 어떻게 확신하는 거죠?"

70년 전에 이미 사라진 퀸 오브 썬라이즈의 맛을 확신하는 그렉의 모습에 의아해 물어보자 바로 답변이 돌아왔다.

"저희 본사에 계신 회장님께서 직접 맛을 보고 확인하셨습니다. 현재 퀸 오브 썬라이즈의 맛을 기억하시는 분 중 한 분이기도 하죠."

"음……."

이미 먹어본 사람이 기억하고 있다면 재중으로서도 그들의 말을 믿을 수밖에 없었다.

'테라, 넌 알고 있었냐? 네가 만든 커피 블렌딩이 퀸 오브 썬라이즈라는 이름이 있다는 것을?'

재중이 테라에게 슬쩍 물어보자,

─전혀요~ 몰랐어요, 마스터. 그런데 이상하네요. 지구

에서는 제가 만든 블렌딩 커피를 만들지 못할 줄 알고 있었는데.

테라조차도 설마 자신이 만든 블렌딩 커피에 이름까지 있고 이미 70년 전에 세상에 모습을 드러낸 적이 있다는 것에 놀라워하고 있었다.

테라의 그 반응에 재중은 머릿속이 복잡해졌다.

하지만 그렇다고 생각이 바뀌거나 하지는 않았다. 카페에서 판매하는 커피의 블렌딩 레시피를 팔고 싶은 생각은 전혀 없었다.

재중은 천천히 자리에서 일어서면서 말했다.

"제가 모르는 것을 알려주셔서 감사합니다. 하지만 역시나 저는 블렌딩 레시피를 판매할 생각이 없습니다."

분명한 거절의 뜻을 밝히면서 재중이 일어서자 그렉도 같이 일어서면서 다른 방향으로 말을 돌렸다.

"재중 씨의 뜻을 잘 알겠습니다. 하지만 저희가 여기에 와서 커피를 마시는 것까지 막진 않으시겠죠?"

"…손님으로서는 언제나 열린 곳이니까요."

앞으로도 계속 찾아와서 귀찮게 하겠다는 뜻이 담긴 그렉의 말에 재중은 일부러 손님이라는 조건을 내세웠다.

그렉은 그런 재중의 말에 활짝 미소를 보여주었다.

*　　　*　　　*

"너무 쉽게 생각했군."

그렉의 말에 숀도 카페를 벗어나면서 고개를 끄덕였다.

"설마 퀸 오브 썬라이즈의 이름도 모르고 있을 줄이야. 거기다 재중이라는 남자 눈동자에 흔들림이 없는 것을 보니 힘들 것 같은데……."

그렉과 숀은 전 세계적으로 유명한 커피 생산 브랜드에서 나온 직원들이었다.

본래 그들의 목적은 아시아에서 갑작스럽게 커피의 소비가 늘어난 대한민국의 시장 조사를 하기 위해서였다.

시장 조사를 하기 위해선 필연적으로 유명한 카페나 커피를 먹어볼 수밖에 없다.

미화여대에서 숨겨진 명물로 통하는 재중의 카페를 찾아오는 것은 어쩌면 정해진 순서였다.

그리고 소문을 듣고 찾아온 그렉과 숀은 재중의 카페에서 커피를 마시는 순간 뇌를 강타하는 충격을 받고 말았다.

"이 맛은……."

"이 맛은……?"

숀과 그렉은 전문적으로 커피 맛을 감별해 내는 것이 직업인 사람들이었다.

당연히 다른 사람들과 달리 그들의 입이 느끼는 커피 맛은 다를 수밖에 없었다.

처음에는 커피의 여왕이라는 블루 마운틴을 원두로 쓴 줄 알았지만 끝 맛이 완전히 달랐다.

커피를 마시는 내내 도대체 무슨 맛인지 알 수가 없어서 결국 재중의 카페에서 커피원두 가루를 소량만 구매해서 남미에 있는 본사까지 커피를 보내는 조금 황당한 상황이 벌어져 버렸다.

물론 재중은 그런 일이 있었는지도 몰랐다.

그런데 숀과 그렉의 예상을 뛰어넘은 결과가 본사에서 날아왔다.

―사라진 전설의 블렌딩인 퀸 오브 썬라이즈로 확인됨. 무조건 블렌딩 레시피를 확보할 것. 어떻게든 레시피를 확보…….

숀과 그렉은 본사에서 빠르게 날아온 짧은 메일을 받자마자 곧바로 재중의 카페로 온 것이다.

반면 재중은 거절하면 돌아가겠지 하고 쉽게 생각했다.

세상에 널린 게 커피고 흔한 것이 바로 카페였으니 말이다.

하지만 상황이 재중의 생각대로 흘러가기에는 퀸 오브

썬라이즈라는 이름이 가진 무게가 너무나 무겁다는 것이 문제였다.

본래 블렌딩은 새로운 커피를 만들기 위해서 시작된 것이다.

물론 지금은 기업들이 싼 원두를 블렌딩해서 장점만 극대화시켜 비싸게 파는 목적으로 많이 쓰이긴 하지만, 블렌딩의 가장 기본적인 목적은 기존에 없는 커피 맛을 만드는 것이다.

커피는 섞으면 의외로 장점이 많았다.

싼 원두의 단점을 서로 섞는 것으로 모두 없애 버릴 수 있었고, 그로 인해 품질을 안정적으로 할 수 있으니 당연히 적은 돈으로 큰 이윤을 원하는 기업에게 블렌딩은 매력적일 수밖에 없었다.

하지만 블렌딩이라고 다 싼 원두를 사용하는 것은 아니었다.

일반적인 판매용은 싼 원두를 쓰지만, 특별한 맛을 위해서는 비싼 원두를 쓰는 블렌딩도 상당히 많았다.

그리고 그런 블렌딩 커피 중에서 최고로 치는 것이 바로 퀸 오브 썬라이즈였다.

사실 퀸 오브 썬라이즈를 실제로 먹어본 사람은 의외로 적었다.

그럴 수밖에 없는 것이 어느 날 갑자기 나타난 퀸 오브 썬라이즈는 불과 10여년 정도만 세상에 모습을 드러냈다가 갑자기 모습을 감춰 버렸으니 말이다.

그리고 그렇게 사라진 퀸 오브 썬라이즈는 벌써 70년이 흐른 아직도 다시 세상에 나타나지 않고 있었다.

오히려 등장 시기가 짧았기 때문이었을까?

아니면 사라져서 더 이상 맛을 보지 못했기 때문일까?

사라진 퀸 오브 썬라이즈의 맛과 강렬한 유혹은 모든 블렌딩 커피를 넘어 커피의 여왕이라는 블루마운틴마저 가볍게 뛰어넘어 버릴 정도였다. 그만큼 맛이 좋았기에 커피 애호가들이 열광한 것이기도 했다.

그리고 그렇게 퀸 오브 썬라이즈는 전설이 되어버린 것이다.

별것 아닌 것처럼 보일지 모르지만 원두를 서로 섞는다는 블렌딩의 특징 때문에 블렌딩 커피만 가지게 되는 중요한 특징이 있다.

바로 차별성이다.

즉 블렌딩 레시피를 모른다면 같은 블렌딩 커피를 만든다는 것은 사실상 불가능했던 것이다.

퀸 오브 썬라이즈가 사라졌을 때 사람들이 그토록 같은

맛을 찾기 위해 노력했지만 결국 모두 실패하고 전설로 남은 것도 모두 블렌딩 커피가 가지는 이 차별성 때문이다.

그리고 그 차별성 때문에 브랜드마다 자신들이 보유한 커피 블렌딩 레시피는 하나의 상징이 되었다.

또한 동시에 블렌딩 레시피 자체가 기업의 경쟁력이 되어버린 것이다.

블렌딩 레시피 하나로 회사의 이미지와 위상이 달라진다는 것을 쉽게 믿지 않을지도 모른다.

하지만 커피의 특성 때문에 그게 통하는 것이 바로 현실이었다.

"어떡하지?"

손의 걱정스런 말에 그렉은 피식 웃으면서,

"어떻게 하긴, 우선 본사에 보고하고 천천히 접근하는 수밖에. 그리고 최대한 보안을 지켜야지. 퀸 오브 썬라이즈가 세상에 다시 나타났다는 것이 알려지면……."

그렉은 순간 머리가 아파오는 느낌이다.

현재 자신들만 알고 있는 퀸 오브 썬라이즈의 존재다.

하지만 만약에 다른 녀석들까지 알게 된다면 경쟁이 치열해질 수밖에 없었다.

물론 조금 전 재중의 태도를 보면 쉽게 다른 기업에 넘어갈 것처럼 보이지는 않는다.

그러나 재중은 카페를 운영 중이다.

때문에 언젠가는 다른 녀석들도 자신들과 마찬가지로 이 사실을 알게 될 것이 분명했다.

퀸 오브 썬라이즈는 커피를 좋아하는 사람들 사이에서는 누구나 마시고 싶어 하는 0순위 커피였다.

그 말은 퀸 오브 썬라이즈 레시피를 보유하고 있는 기업에 수많은 부호의 지원이 주어짐은 기본이고 세계적으로 커피 하나로 우뚝 설 수 있는 발판을 가지게 된다는 뜻이다.

만약에 다른 기업에서 알게 된다면 눈에 불을 켜고 찾을 것이 뻔했다.

특히 유럽 쪽에서는 아직도 그 맛을 잊지 못해 커피 원두를 조합하거나 찾아다니는 사람도 많을 정도이니 굳이 다른 설명이 필요 없었다.

"그래도 우린 운이 좋은 걸지도."

"응?"

그렉의 말에 숀이 쳐다보자,

"최소한 우리는 이곳 한국에 있는 동안에는 원하는 만큼 퀸 오브 썬라이즈를 마실 수 있잖아."

"하긴. 후후후훗."

거래는 실패했지만 순수하게 커피를 좋아하는 그렉과 숀

은 전설의 블렌딩 커피를 원하는 만큼 맛볼 수 있다는 것에
기분이 좋았다.

하지만 그런 좋았던 기분도 한 통의 전화로 사라져 버렸
다.

"네? 회장님께서 직접 오신다고요?"

본사에서 걸려온 전화를 받은 그렉은 긴장으로 표정이
굳어버렸다.

보통 4년은 스케줄 빈 곳 없이 바쁜 회장님이 느닷없이
스케줄을 펑크 내고 한국으로 날아올 줄은 몰랐으니 말이
다.

하지만 한편으로는 이해가 되기도 했다.

그렉과 숀 못지않게, 아니, 오히려 자신들은 그저 어린애
수준으로 보일 만큼의 커피 마니아가 바로 회장님이었다.

순수하게 커피를 좋아하고 사랑해서 만든 회사의 회장이
사라진 전설의 퀸 오브 썬라이즈를 알고서도 모른 척한다
는 것은 있을 수 없는 일이었다.

물론 직원인 자신들은 그런 회장님을 모셔야 한다는 것
이 부담일 수밖에 없지만 말이다.

Chapter 02
정태만

재중귀환록

"퀸 오브 썬라이즈라……. 이름 참 거창하네."

재중은 그렉과 숀이 나간 다음에도 앉아서 그들이 했던 말을 생각해 보니 웃음밖에 나오지 않았다.

무슨 블렌딩 커피에 퀸이며 썬라이즈라는 거창한 이름이 붙는단 말인가?

그저 마시는 커피인데 말이다.

재중이 보기에는 그저 그렉과 숀이 자신들의 거래를 위해서 재중을 띄워줬다는 생각밖에 들지 않았다.

다만 문제가 있다면 바로 그들이 맛보았다고 하는 70년 전의 퀸 오브 썬라이즈의 맛이 문제일 뿐이다.

"그러니까 지구에서는 네가 만든 블렌딩 커피를 만드는 게 사실상 불가능하다는 말이지?"

—네, 마스터.

숀과 그렉이 떠난 뒤 재중은 테라를 불러 이야기를 들어 보고는 오히려 더 난감해졌다.

지금까지 그저 수망으로 원두를 볶는 일만 해온 재중이다.

볶은 원두를 섞는 블렌딩 과정을 본 적도 없고 관심도 없었기에 전혀 모르고 있었다.

하지만 테라의 말을 듣고 나서는 생각이 달라질 수밖에 없었다.

"대륙에서 가져온 원두를 섞은 블렌딩 커피라……. 그 말은 현재 지구에서 만들 수 있는 존재는 오직 너뿐이라는 말인데……."

문제는 바로 그것이었다.

테라가 대륙에서 가져온 원두를 섞어서 블렌딩한 커피가 바로 재중이 카페에서 판매하고 있는 커피인 것이다.

그리고 그 말은 과거에도, 현재에도, 미래에도 테라 외에는 그 누구도 만들 수 없는 커피가 바로 퀸 오브 썬라이즈라는 말이기도 했다.

하지만 그런 생각과 달리 이미 70년 전에 퀸 오브 썬라이즈가 세상에 나타났다가 사라졌다고 했다.

뭔가 말이 되지 않는 상황이다.

"다른 원두를 섞어서 하면 비슷하게 맛이 나지 않을까?"

현재 커피 원두의 종류가 워낙에 많다 보니 충분히 섞다 보면 있지 않을까 하는 생각에 물어봤다.

하지만 테라는 고개를 저으면서 답했다.

―불가능해요, 마스터. 대륙에서 가져온 원두는 그곳의 풍부한 마나를 기본으로 자란 원두이기에 지구의 원두와는 그 맛과 향이 완전히 달라요. 대륙에서처럼 마나가 풍부하고 강한 곳이라면 모르겠지만 이처럼 마나가 희박한 지구에서는 원두가 자라는 것도 힘들어요.

"키워본 모양이구만."

―당연하죠. 지금도 카페 지하 저만의 원두 재배 공간에서 자라고 있으니까요.

"……."

설마 카페 지하에서 원두까지 키우고 있을 줄은 몰랐다.

하지만 그동안 자신의 카페에서 팔아치운 커피의 양을 생각하면 대륙에서 가져온 원두만으로 블렌딩 커피를 만드는 것도 이해가 되지 않기도 했다.

그렇게 생각하니 지하에서 원두를 키우고 있다는 테라의

말에 수긍할 수밖에 없었다.

　—이상하네요. 어떻게 제가 만든 커피와 같은 맛의 커피
가 이미 70년 전 지구에 존재할 수 있었던 걸까요?

　테라가 만든 커피는 대륙에서 가져온 원두가 없다면 절
대로 같은 맛을 낸다는 것이 불가능하다.

　그렇기에 테라는 과거에 같은 맛의 커피가 있었다는 것
에 의문이 들었다.

　재중이야 육체적으로 엄청난 노동이 필요한 수망 로스팅
만 했을 뿐이다.

　그 외에는 커피에 전혀 관여를 하지 않았으니 몰랐고 말
이다.

　—마스터, 퀸 오브 썬라이즈에 대해서 좀 알아봐야겠어
요.

　"그럴 필요가 있을까?"

　테라는 대륙이 원산지인 원두 없이 같은 맛을 냈다는 블
렌딩 커피의 존재에 호기심 스위치가 켜진 듯했다.

　테라의 눈동자가 반짝 빛났지만 재중은 70년 전에 사라
진 것을 군이 지금 찾는 것이 그리 내키지가 않았다.

　—하지만 이상하잖아요. 대륙에서 가져온 원두가 없으
면 절대로 맛을 내지 못하는데 이미 70년 전에 같은 맛을
내는 블렌딩 커피가 있었다는 것이. 마스터는 궁금하지 않

으세요?

마법사라면 가지는 그 특유의 호기심이 가득한 표정으로 물어보는 테라다.

하지만 재중은 단호하게 고개를 저었다.

"귀찮아. 그리고 굳이 내가 움직여서 또 다른 인연을 만드는 것은 더더욱 싫고, 연아를 찾았으니 이제 시집 잘 가는 것이나 보며 조용히 살고 싶다."

어릴 때는 삶이 하나의 투쟁이자 전쟁이었고, 대륙에서는 오로지 집으로 돌아가기 위해 전쟁을 했던 재중이다.

자신의 시간, 여유라는 것이 사치인 삶을 살아온 재중이었다.

재중은 연아까지 찾은 현재에 너무나 만족하고 있다.

물론 검예가의 귀찮은 날파리가 있긴 하지만 가주가 방패 역할을 잘 해주고 있다.

천산그룹은 그저 재중이 필요에 의해서 인연을 만들어 유지하고 있을 뿐 내키지 않으면 까짓것 기억을 모두 지워버리고 인연을 끊어버리면 된다.

연아를 찾기 전까지는 나름 복잡하고 빠르게 시간이 흘렀다. 하지만 연아를 찾은 이상 그녀가 천천히 시집 잘 가서 행복하게 사는 모습을 구경하는 것이 현재 재중이 가진 가장 큰 목표이자 마지막 목표이다.

때문에 귀찮게 뭔가 찾아서 들쑤시는 것은 내키지가 않았다.

—뭐, 마스터께서 싫으시다면 어쩔 수 없죠.

마치 야단맞은 고양이처럼 시무룩한 얼굴로 재중을 쳐다보는 테라이다.

하지만 그것이 통할 리가 없었다.

"연기하는 거 다 안다."

—쳇, 역시 마스터에게는 안 통한다니까.

재중이 날카롭게 알아차리자 금방이라도 눈물이 글썽거릴 것 같은 테라의 모습은 순식간에 사라진다.

아깝다는 듯 혀를 차면서 싱긋 웃고 있는 모습에 재중도 그저 웃을 뿐이다.

사실 애교만 따지면 테라를 따라올 여자가 과연 있을까 싶을 만큼 애교 하나는 재중도 인정하는 부분이다.

다만 마법사 특유의 호기심이 한번 발동하면 재중이 직접 막지 않는 한 꼭 알아내고야 마는 성격이 문제일 뿐이다.

—그보다 작은 마스터에게는 정말 말하지 않으실 거예요?

"응?"

갑자기 말을 바꾼 테라의 모습에 재중이 슬쩍 고개를 돌

리자,

—마스터와 작은 마스터를 버린 삼촌이라는 녀석에 대해서 말이에요.

"아, 그냥 연아는 몰랐으면 해."

—마스터께서 그렇게 결정하셨으면 어쩔 수 없지만 나중에라도 작은 마스터께서 아시면 서운해하지 않을까요?

물론 그저 연아가 어릴 때의 상처를 다시 기억해 내는 것이 싫다.

거기에 더해 복수라는 것 자체가 결국 자신마저도 무너질 수 있는 양날의 칼이라는 것을 잘 알고 있기에 지금처럼 웃으면서 살아가기 위해서는 모르는 것이 좋다고 판단한 것이다.

하지만 테라는 혹시라도 나중에 연아가 알게 된다면 재중에게 많이 서운해할 수도 있다고 생각해 확인 차 물어본 것이다.

여자란 본래 사소한 것에 마음을 다치는 경우가 많다.

아무리 만들어진 영혼이라고 하지만 테라도 여성이기에 신경이 쓰인 것이다.

"연아는 모질지 못해서 안 돼. 오히려 복수에 방해만 될 거야."

아무리 사랑하는 연아지만 재중은 공과 사를 정확하게

구분하는 성격이다.

연아가 알게 되면 크든 작든 재중의 행동에 방해가 될 것이 뻔한 상황을 알고서도 알릴 만큼 무른 성격은 절대 아니었다.

─은혜는 열 배로, 원한은 백만 배였죠? 마스터께서 입버릇처럼 말하던 거요.

씨익~

재중은 테라의 말에 대답 대신 한번 웃어주었다.

적이란 존재는 재중에게 그저 없어져야 할 존재 그 이상도 이하도 아니었다.

가장 먼저 찾아간 고아원의 원장 최태식을 죽이지 않고 백치로 만든 것도 그렇게 살아가면서 자신이 지은 죄만큼 고통을 받으라는 의미였으니 말이다.

마법의 부작용으로 백치가 되긴 했지만, 테라는 지금도 최태식을 가끔이지만 감시하고 있는 중이었다.

재중은 테라를 통해 아주 잠깐이지만 최태식이 제정신을 차릴 때가 있고, 그때마다 모든 것을 잃어버린 스스로의 모습을 보면서 고통에 몸부림친다는 이야기를 들었다.

자살하려는 최태식을 테라가 개입해 막기도 했다.

"죽음은 녀석에게 편안한 안식일 뿐이야."

자신과 같은 처지의 고아들이 겪은 고통에 비하면 최태

식에게 죽음은 오히려 지금의 고통에서 해방되는 것에 불과하다.

재중은 그가 마음대로 죽는 것조차 허락하지 않았다.

재중이 허락하지 않는 한 최태식은 죽고 싶어도 죽지 못하는 것이다.

그런 사실을 모르는 최태식은 며칠에 한 번씩 제정신을 차릴 때마다 자살을 시도하겠지만 말이다.

잔인? 극악무도?

재중은 그런 말을 듣게 된다면 오히려 코웃음을 칠 것이다.

인간은 자신이 겪어보지 않는 한 타인의 고통을 알지 못한다.

그리고 타인의 고통을 알지 못하는 한 복수라는 것이 얼마나 정당한 것인지도 알지 못한다.

살인범에게 인권을 따지고, 열 살짜리 여자애를 성폭행해서 평생 불구로 살아가게 만든 인간 이하의 녀석에게 인권을 따지는 이런 곳에서 재중은 오히려 악마일지도 모른다.

하지만 재중은 차라리 악마로 살아가겠다고 할 것이다.

피는 피로, 고통은 고통으로 갚아주는 게 바로 복수이니 말이다.

그리고 그 복수에 방해가 된다면 여동생이라도 과감하게 제외시키는 재중이다.

굳이 알아서 좋을 게 없다는 것은 핑계일지도 모른다.

ㅡ마스터, 다녀왔습니다.

"……."

머릿속에 울린 목소리에 재중의 눈빛이 차분하게 가라앉았다.

ㅡ깡통, 왜 이리 늦어?

테라는 재중의 그림자에서 모습을 드러낸 흑기병을 향해 노골적으로 트집을 잡았다.

힐끗~

그런 테라를 한 번 쳐다본 흑기병이 고개를 돌려 버렸다.

ㅡ익! 너 나 무시했어!

ㅡ지금은 마스터께 보고 중이다.

한마디로 이제 보고를 해야 하니 귀찮게 하지 말라는 말이다.

당연히 테라가 그걸 알아듣지 못할 리가 없다.

테라는 도끼눈을 뜨고 흑기병을 째려봤지만 더 이상 트집을 잡진 않았다.

테라도 최소한 재중 앞에서는 얌전한 고양이였다.

"생각보다 늦었구나."

재중이 흑기병이 생각보다 늦게 와서 나직이 물어봤만.

─바로 집으로 가지 않는 바람에 조금 늦었습니다. 하지만 덕분에 새로운 것을 많이 알게 되었습니다.

"새로운 것이라……."

이미 중간에 빠루파와 재중이 쓸어버린 서민대출에 대한 이야기가 흘러나왔다는 소식을 듣고 궁금해하던 중인 재중이다.

─우선 마스터의 삼촌이라는 사람의 본명은 정태만, 현재 나이 52세입니다. 자녀로는 현재 20살이 된 딸이 하나 있습니다.

"스무 살이 된 딸?"

흑기병의 말을 듣던 재중은 딸의 나이를 듣고서는 입가에 미소가 그려졌다.

대충 재중과 연아를 버린 때와 결혼한 때가 비슷하게 맞아떨어진 것이다.

딸의 나이만 들어도 이미 어떻게 된 건지 대충 이해가 된 재중이다.

바로 자신들의 존재가 삼촌에게는 결혼의 가장 큰 걸림돌이었을 것이다.

하지만 유산은 있어야 했다.

돈이 있어야 장가를 갈 수 있을 테니 말이다.

그럼 결론은 하나뿐이었다.

버리는 것.

"제법 잘살고 있는 것 같던데, 어때?"

─현재 그의 재산은 강남에 빌딩 넷, 상가 다섯입니다.
그 외에 아직 확인을 더 해봐야 알 수 있습니다.

"호오, 많이 벌었나 보네. 크크큭."

강남이라는 곳이 어떤 곳인지 재중도 어느 정도는 알고
있었다.

그런 강남에 빌딩을 넷이나 소유하고 있다면 재산은 최
소 몇 백억은 가볍게 넘을 것이다.

하지만 현재 정태만의 재산의 기틀이 된 자금이 자신과
연아의 몫인 유산이라는 것을 생각하면 분노가 끓어오른
다.

지금도 끓어오르는 분노를 차분히 삭이는 재중이다.

─그런데 조금 이상하게 상황이 돌아가고 있습니다.

"응? 이상하다니?"

─마스터께서 처리하신 빠루파가 정태만을 견제하고 있
었던 것 같습니다. 갑자기 빠루파가 사라진 곳을 정태만이
빠르게 사들이고 있는 것으로 확인됐습니다.

"크크크큭, 뭐야? 뜻하지 않게 도움을 준 셈인가?"

앞으로 전희준에게 귀찮은 일이 생길 것을 대비해 처리

한 빠루파이다.

그런데 이제 와서 원수에게 도움을 주게 된 상황이 조금 우습기도 하고 한편으로는 화가 나기도 한다.

재중은 우스워진 상황에 너털웃음을 터뜨렸다.

—마스터, 이제 어떻게 하실 거예요? 보니 마스터와 작은 마스터를 버린 대가로 잘살고 있는 것 같은데 말이에요.

테라도 이야기를 듣고는 화가 난 듯 표정이 굳은 채 재중에게 물어보았다.

재중은 대답 대신 조용히 생각에 잠겼다.

얼마나 생각했을까?

침묵이 흐른 뒤 재중이 입을 열었다.

"오랜만에 얼굴은 봐야겠지?"

당장 가서 어떻게 할 생각은 없었다.

그저 얼마나 잘 먹고 잘사는지 눈으로 보고 싶을 뿐이다.

일어선 재중이 어둠 속으로 발걸음을 옮기자 흑기병과 테라가 그 뒤를 따랐다.

그렇게 셋은 어둠 속으로 사라져 버렸다.

조금 뒤, 재중이 모습을 드러낸 곳은 외곽이지만 커다란 주택이 즐비한 동네였다.

하나같이 붉은 담벼락이 높이 솟아 있는 것이 웬만큼 살지 않고서는 엄두도 내지 못할 만큼 커다란 저택들이 널려 있다.

그중에서도 살짝 바깥쪽, 하지만 크기만 다른 저택에 비해 조금 작을 뿐 드라마나 영화에서나 보던 것과 같이 화려한 저택 앞에 재중이 발걸음을 멈춰 섰다.

"여긴가?"

─네, 마스터.

어둠 속의 재중이 고개를 들어 높고 붉은 담벼락을 쳐다보다가 입가에 미소를 짓더니 한마디 했다.

"쓸데없이 눈부시네."

그저 나직한 한마디였지만 그 말이 끝나자마자 기다렸다는 듯 재중이 쳐다보는 주택을 중심으로 주변이 어둠에 먹혀 버렸다.

─호호홋, 결계를 쳐났으니 지금부터 어떤 소리도, 어떤 빛도 들어오지도 나가지도 못할 거예요, 마스터.

손가락을 치켜세우면서 재중의 그림자에서 모습을 드러낸 테라다. 명령이 없었음에도 마법 결계를 쳐버린 것이다.

테라의 마법 결계가 발동한 이상 이제 누구도 허락 없이 이 집에 들어올 수도 나갈 수도 없었다.

거기다 혹시라도 결계의 옆을 지나가는 사람이 있더라도 그들은 전혀 모를 것이다.

그들의 눈에는 여전히 평소와 다름없는 저택의 모습일 테니 말이다.

저벅저벅.

재중이 어둠에 휩싸인 저택을 향해 걸음을 옮겼다.

저택 대문 앞에 서자,

끼이익.

저절로 문이 열렸다.

마치 재중의 방문을 환영하듯 말이다.

씨익.

재중은 누구 짓인지 뻔히 알기에 고개를 돌려 테라를 보고는 입가에 미소를 지어 보였다. 그리고 다시 걸음을 옮기기 시작했다.

"넓구나, 넓어."

재중은 대문을 지나 대리석으로 만들어진 계단을 걸어 올라갔다.

계단식으로 만들어놓은 정원이 보인다.

그리고 계단이 끝난 곳에 다다랐을 때는 어린애들이 신나게 뛰어놀 만큼 커다란 정원이 가장 먼저 눈에 들어왔다.

물론 재중이 바라보는 정원의 끝에는 4층으로 만들어진 멋들어진 저택이 자리 잡고 있다.

크르르릉! 크르르릉!

정원으로 한 걸음 내디뎠을까?

재중의 귓가에 거슬리는 소리가 들리더니 앞을 가로막듯 도사견 네 마리가 튀어나왔다.

도사견들은 재중을 향해 경고의 의미를 담아 으르렁대기 시작했다.

철컹!

그리고 도사견이 튀어나오는 것과 거의 동시에 흑기병이 먼저 재중을 앞질러 앞으로 튀어나가더니,

쾅!!

별다른 것도 없이 그저 도사견 네 마리가 훤히 보이는 바로 앞 땅에 주먹을 내려꽂았을 뿐이다. 한데 마치 수류탄이라도 터진 듯 흙이 폭발하면서 사방으로 터져 나가는 게 아닌가?

깨갱! 깨갱!

단 한 방이었다.

흑기병의 주먹이 땅을 폭발시켜 버린 주먹질 한 번에 도사견들이 그대로 줄행랑을 쳐버린 것이다.

"훗, 일부러 살려준 거냐?"

재중은 흑기병의 능력이면 도사견의 목을 비틀어 버리는 것이 식은 죽 먹기보다 쉽다는 것을 알고 있다.

그런데 흑기병은 굳이 개들이 아닌 땅에 주먹을 내려꽂

으면서 힘을 쓴 것이다.

재중은 흑기병이 왜 그런 것인지 대충 눈치채고 있었다.

—주인을 지키기 위해 움직인 것은 잘못이 아닙니다, 마스터.

"하긴 그렇지."

흑기병의 기준으로 도사견이 재중의 앞을 막아선 것은 당연한 일이었다.

누군가 재중에게 위협이 된다면 당연히 흑기병이 앞을 막을 것이다.

그건 흑기병이 존재하는 이유이니 말이다.

그럼 재중의 앞을 막은 도사견들은?

녀석들도 결국은 흑기병과 같았다.

자신을 키워준 주인을 지키는 것.

재중이 흘리는 살기를 느끼면서도 최소한 한 번은 막아섰다는 것이 기특해서 흑기병은 일부러 땅을 내려쳐 겁을 준 것이다.

흑기병은 단 한 번이지만 살아날 수 있는 기회를 줬고, 동물이 압도적인 힘 앞에서 꼬리를 말고 도망가는 것은 당연했다.

그리고 그런 흑기병의 의도대로 도사견들은 그대로 사라져 버렸다.

"테라."

—네, 마스터.

재중의 뒤에서 따라오던 테라는 자신을 부르는 소리에 성큼 다가오더니 재중 앞에 섰다.

"다 재워 버려. 괜히 미리 겁먹어서 다른 짓이라도 하면 귀찮아지니까."

—옛썰, 마스터.

테라가 지구에서 카페 외의 일로 마법을 쓰는 것은 재중이 엄격히 금하고 있다. 때문에 이럴 때 아니면 마음대로 마법을 쓰지 못하는 테라는 기다렸다는 듯 손가락을 튕겼다.

—슬립(Sleep)~

딱!

테라의 손가락이 튕기면서 울린 소리가 공기를 타고 흐르는 파도처럼 사방으로 퍼져 나갔다.

그리고 불과 1~2초 만에 저택 안에서 들리던 기척이 멈추었다.

"너 마법을 작정하고 쓰는구나, 요즘."

재중은 이렇게 광역으로 마법을 쓰지 않아도 충분하다는 것을 알고 있었다.

그런데도 굳이 마법의 발동은 **빠르지만** 반대로 마나의 소모가 심한 광역 마법을 섞어서 수면 마법을 사용한 테라를 향해 한마디 했다.

─신속한 발동~ 정확한 마법~ 헤헤헷~

혀를 살짝 내밀면서 웃어버리는 테라이다.

재중도 딱히 질책하려는 것은 아니었다.

마법사에게 마법을 사용하지 말라고 하는 것이 얼마나 스트레스가 되는지 이해하고 있으니 말이다.

이렇게라도 잠깐이지만 마법을 쓰지 않는다면 테라의 투정은 점점 심해질 것이다.

광역 수면 마법으로 이제 재중을 막을 것은 없었기에 저택 안으로 들어가는 것은 너무나 쉬웠다.

"잘 먹고 잘살고 있는 표본인가?"

겨우 현관문을 열고 들어왔을 뿐이다.

커다란 벽걸이 TV부터 시작해 보는 것만으로도 비싼 것들이 가득한 거실이 재중의 눈에 들어왔다.

물론 그 거실에 죽은 듯 늘어져 있는 사람들은 빼고 말이다.

"음, 많이 늙었네?"

재중은 거실 바닥에 고른 숨을 쉬면서 죽은 듯 잠들어 버린 삼촌, 아니, 삼촌이라는 호칭조차 아까운 정태만을 보면서 나직이 한마디 했다.

늘어난 눈가의 주름이나 기름기가 가득한 턱살이 자신이 기억하고 있던 30대의 정태만의 모습이 많이 사라진 듯했다. 물론 늙어서 주름에 가려졌을 뿐이다.

살짝 정태만의 이마에 손가락을 가져다 댄 재중은 잠시 눈을 감았다 뜨더니 말했다.

"너무나 건강하기도 하고. 크크크큭."

나노 오리하르콘을 정태만의 몸속에 집어넣어서 잠깐 사이에 건강 상태를 체크해 보았다.

재중은 바로 미련 없이 일어서서 정태만과 조금 떨어진 소파에 누워 잠들어 있는 20대 아가씨의 곁으로 가다갔다.

"딸인가?"

재중이 나직이 중얼거리자, 흑기병이 대답했다.

―네, 마스터. 정태만의 딸 정예지입니다.

"크크큭, 얼굴은 전혀 닮은 구석이 없구만. 다행스럽게도 말이야. 크크크큭."

죽은 듯 잠들어 있는 정태만의 딸 정예지의 얼굴을 바라보던 재중이 이번에는 몸을 돌려 주방으로 향했다.

그곳에는 두 명의 중년의 여인이 누워 있었다.

허름한 옷에 앞치마를 두른 40대 후반의 여성은 딱 봐도 도우미였고, 그 곁에 날씬하면서도 세련된 옷차림의 40대로 보이는 여자는 정태만의 부인인 듯했다.

"미인과 결혼했군."

늙어서 미모가 많이 퇴색하긴 했지만 젊었을 적엔 제법 남자를 울렸을 것 같은 미모가 아직 남아 있는 모습이다.

재중은 가볍게 중얼거리고는 그대로 고개를 돌려 다시 거실로 걸어 나와 정태만의 앞에 섰다.

"부숴 버릴까, 아니면 빼앗아 버릴까?"

재중이 정태만이 가진 것들을 당장 완전히 부숴 버릴지, 아니면 우선 재산부터 모두 빼앗아 버릴지 판단이 서지 않는 듯 조용히 말했다.

그리고 그 말을 들은 테라가 기다렸다는 듯 응답했다.

─서로 장단점이 있어요, 마스터.

"장단점?"

─우선 부숴 버리는 것이라면 저나 깡통이 잠깐만 움직이면 되고 빠르고 확실하게 처리할 수 있다는 장점이 있어요. 하지만 단점은 마스터에게는 별로 남는 것이 없다는 거예요. 흔적도 없이 지워 버릴 테니까요.

"그럼 다른 하나는?"

재중이 흥미를 보이자 테라는 신이 나서 계속 이야기했다.

─빼앗는 것은 우선 조금 귀찮긴 하지만 그것도 저나 깡통이 나서면 크게 문제될 것이 없어요. 그리고 무엇보다 잃

어버린 유산을 모두 찾아올 수 있다는 장점이 있어요. 물론 복리 이자를 잔뜩 붙여서 말이에요. 하지만 단점은 변수가 생겨서 작은 마스터께서 알아차릴 수도 있는 위험성이 있어요.

"음, 부숴 버리는 것은 쉽지만 대신 과거에 받았어야 할 유산까지 대부분 버릴 수 있다는 건 좀 그러네."

부모님이 죽으면서 세상에 남은 재중과 연아에게 남겨준 마지막 유산이다.

이건 재중에게 단순히 돈보다 부모님의 마지막 흔적이라는 의미가 더욱 깊었다.

때문에 고민은 더욱 깊어질 수밖에 없었다.

─빼앗아 버리죠, 마스터? 네? 제가 그냥 기똥찬 계획 세워서 아주 홀라당 벗겨 버릴게요.

"넌 도대체 그런 말은 어디서 배우냐?"

한 번씩 재중보다 오히려 한국에 오래 산 사람처럼 말하는 테라의 모습에 기가 막힐 때가 있는데 지금도 딱 그런 상황이다.

─TV에서 들었는데요? 일상용어 아닌가요?

TV에서 나오는 용어는 대부분 일상적으로 많이 쓰이는 말이 많긴 하다.

다만 그놈의 드라마가 문제였다.

사극을 한창 볼 때는 사극 톤으로 말하더니 요즘은 다른 것을 보는지 상스러운 말까지 자유자재로 쓰고 있다.

확실히 테라가 머리가 좋은 것은 맞지만, 살아온 경험이 필요한 화법은 아무래도 아직 시간이 필요할 듯했다.

"다른 곳에서 그런 말 쓰지 마라. 버릇없는 여자로 보인다."

─네? 헤헤헤헤. 마스터에게만 쓸게요. 그럼 됐죠? 그렇죠?

재중의 한마디에 실수했다는 것을 깨닫곤 무마하려는 듯 재중을 향해 몸을 살짝 비틀면서 애교를 부리는 테라였지만,

"난 버릇없는 여자는 싫어."

단칼에 그런 애교조차도 잘라 버리는 재중이다.

─녜, 안 할게요.

토라졌다는 표시로 입술을 삐쭉 내민 테라는 다시 자리에 앉더니 재중의 눈치를 살피기 시작했다.

피식~

"화내는 거 아니니까 정태만으로부터 모든 것을 되찾을 계획이나 잘 세워봐."

─네? 제가 해요? 정말 제가 해도 돼요?

순식간에 꽃이 피듯 표정이 살아난 테라다.

테라는 입에 미소를 한껏 머금으며 너무나 좋아하는 티를 냈다.

"어차피 난 수능에 대학 갈 준비를 해야 해서 시간이 별로 없고, 흑기병은 계획 짜는 것에는 그리 추천하고 싶지 않으니 너밖에 없잖아."

─옛썰!! 마스터의 마음에 드시도록 아주 홀라당! 앗! 헤헤헤헤, 완벽하게 팬티 한 장까지 모두 되찾아 오겠습니다.

테라는 드디어 자신이 재중의 인생에 중요한 무언가를 할 수 있다는 생각에 한껏 들떴다.

그런 테라의 모습을 본 재중은 그게 저렇게 좋을까 하는 생각이 들었다.

어차피 자신이 해야 할 것을 떠넘겼을 뿐인데 말이다.

하지만 언제나 변함없이 테라나 흑기병이 재중의 일을 무조건 최우선으로 생각하는 것은 고마웠다.

Chapter 03
책임과 관심

재중귀환록

"음……."

"오빠, 뭐 해?"

여느 날과 같이 카페를 끝내고 조용히 테라스에 앉아서 무언가 열심히 보고 있는 재중의 모습이 눈에 띄었다.

요즘 제법 친해진 탓인지 연아는 그런 재중의 모습이 궁금해서 다가왔다.

연아는 처음에 커다란 문제집 같은 것을 보고는 수능 준비를 하는 줄 알았다.

하지만 자세히 보니 재중이 보고 있는 문제집의 문제가

조금 이상했다.

교통 관련 문제만 가득한 게 아닌가?

"오빠, 운전면허 시험 봐?"

"응. 아무래도 차가 있어야 할 것 같아서 말이야. 카페 때문에 자주는 아니지만 가끔 밖으로 나갈 때가 있는데 그때마다 택시나 버스를 타고 다니기가 귀찮고 번거롭더라고."

보통 운전을 하기 위해서든, 아니면 반대로 장롱에 처박혀 있을지라도 면허를 취득할 수 있는 나이가 되면 기본적으로 가장 먼저 남자들이 도전하는 것이 바로 운전면허 시험이다.

그리고 대부분은 학원에서 면허를 따는 편이다.

물론 과거의 재중에게는 그럴 정신이 없었으니 이제야 면허 시험을 보는 것이긴 하지만 말이다.

"음, 미국과 제법 다른 구석이 있네, 한국은?"

문제집은 유심히 읽어보던 연아의 말에 재중이 넌지시 물었다.

"넌 면허증 있어?"

"나야 당연히 있지. 그리고 일부러 한국으로 오려고 국제면허증으로 바꿨지. 이래 봬도 무사고 운전이야."

"국제면허증?"

"응, 전 세계 어디서도 운전하는 데 문제없어. 일부러 한국에서도 쓸려고 국제면허로 새로 딴 거야."

연아의 말을 들은 재중은 연아가 살던 알래스카를 생각하자 충분히 이해가 되기도 했다.

그곳은 차가 없으면 아예 움직이는 것조차 불가능할 만큼 거리가 먼 곳이 많았으니 말이다.

거기다 고등학생이 자기 차를 운전해서 통학하는 나라가 바로 미국이다.

알래스카도 미국 땅이니 오죽하겠는가?

거기다 연아는 마켓을 운영하는 양부모 밑에서 자랐기에 차에는 더욱 익숙할 것이다.

멋이나 드라이브용이 아닌, 마켓 운영에 필요했을 테니까.

"내가 운전 가르쳐 줘?"

국제면허까지 있는 연아가 자신있게 재중을 보고 콧대를 세우면서 말했다.

그 모습에 재중은 웃으면서 일어나 연아의 머리를 쓰다듬으면서 말했다.

"가족끼리 절대로 해서는 안 되는 것이 바로 운전 연습이라더라. 마음만 받을게."

"쳇, 나 잘 가르쳐 줄 수 있는데……."

연아가 아쉬운 듯 서운한 표정을 짓는 모습에 재중은 그저 웃어주었다.

어째서 연아가 나서는지 잘 알고 있는 재중이다.

하지만 재중이 살면서 귀가 따갑도록 들은 게 바로 운전
만큼은 절대로 가족과 연인에게 배워서는 안 된다는 말이
다.

사실 재중도 어차피 필기야 시험장에 가서 할 테지만 실
기는 가까운 학원을 다닐 생각이기에 거절한 것이다.

"필기만 시험장에 가고 나머지는 학원을 다닐 거야. 알아
보니 여긴 학원에서 연수까지 모두 완료할 수 있다고 하더
라."

"그래? 뭐 오빠가 그게 좋다면."

"서운해하지 마. 너를 못 믿어서가 아니니까."

재중이 다시 한 번 서운한 표정을 지우지 못하는 연아에
게 달래듯 말하자 그제야 얼굴 표정이 풀리는 연아다.

그러다 연아가 갑자기 뭔가 생각난 듯 동그랗게 눈을 뜨
고 재중을 바라봤다.

"아, 맞다. 이것 때문에 내가 나온 건데 깜빡했네."

"뭐?"

"희준 언니랑 비아 말이야."

"응? 그들이 왜? 어디 아프기라도 해?"

사람들의 몸에서 뿜어져 나오는 오라의 색으로 간단하지

만 건강 정도는 알 수 있는 재중이다.

조금 전까지만 해도 건강한 색인 녹색의 오라를 보이던 전희준과 그녀의 딸 한비아 이야기가 나오자 재중이 되물었다.

"아니, 그게 아니라… 오빠 정말 모르는 거야?"

"모르다니 뭘?"

재중은 연아가 무슨 말을 하고 싶은 건지 도통 이해가 가지 않는 듯한 표정으로 되물었다.

연아는 역시 그럴 줄 알았다는 얼굴 표정이 되었다.

"눈치 못 챈 거야? 그 모녀의 옷이 하루걸러 같은 옷이란 걸?"

"응? 하루걸러 같은 옷? 그러니까 옷 두 벌을 번갈아 가면서 입는다는 말이지?"

재중은 연아의 말에 곰곰이 생각해 보았다.

그러자 정말 연아의 말대로 전희준과 한비아의 옷이 하루 사이를 두고 같은 옷을 번갈아 입고 있었다.

그런 일에 크게 신경 쓰지 않는 재중이기도 하지만 사실 카페에서 일할 때 앞치마를 두르고 있기에 유심히 보지 않는다면 알아채기 어렵기도 했다.

"오빠가 데리고 왔다면서."

"응."

질책이 섞인 말투에도 재중이 당연하다는 듯 대답하자 말문이 막힌 연아이다.

"테라 씨에게 들어보니 오빠가 데려올 때 작은 쇼핑백 하나만 들고 왔다면서."

"응, 맞아."

너무나 태연하게 맞는다고 고개까지 흔드는 재중의 모습에 연아는 재중이 정말 모르고 있다는 것을 깨달았다.

아무리 오빠지만 재중의 무신경함에는 연아조차도 한숨이 나올 수밖에 없었다.

여자 둘이 집을 나오면서 쇼핑백 하나만 들고 왔다면 과연 옷을 얼마나 가져왔을까?

거기다 어린 딸까지 같이 왔는데 말이다.

2박 3일 여행을 가더라도 여자는 캐리어를 끌고 갈 정도다.

그만큼 준비할 것도 많지만 무엇보다 옷을 많이 가지고 가는 경우가 대부분이다.

남자들이야 알다시피 며칠 정도는 맨몸으로 갔다가 맨몸으로 오는 경우가 있긴 하지만 여자는 그게 애초에 불가능했다.

그런데 쇼핑백 하나라니, 누가 봐도 말이 안 되는 짐이다.

컨테이너에 살면서 어차피 가져갈 짐이 없기도 했다.

하지만 쫓기고 있다는 다급함에 전희준이 눈에 보이는 대로 대충 챙겨서 재중을 따라나섰던 당시 상황도 문제였다.

그리고 그때의 다급한 상황 때문에 어쩔 수가 없었던 것을 연아가 알 리가 없으니 재중의 반응에 화를 내는 것이다.

"오빠, 설명하기보다는 그냥 말할게. 나도 새로 옷을 사야 하니까 내일 희준 언니와 비아 데리고 쇼핑 갈 생각이야."

"그래? 잘 다녀와."

전희준은 카페의 직원도 아니다.

월급을 주긴 했지만 재중은 그녀가 스스로 일어설 수 있을 때까지만 뒤를 봐줄 생각이었기에 가볍게 대답했다.

어차피 카페는 예전부터 테라와 자신 둘이서도 충분했다.

요즘은 아르바이트생까지 두고 있기에 전희준과 한비아가 빠진다고 문제될 것은 없었다.

그런데 연아는 재중의 대답에도 갈 생각을 하지 않고 빤히 쳐다보고만 있다.

"오빠는 안 가?"

"응? 나? 내가 왜?"

재중은 뜬금없이 자신도 가자는 연아의 말에 되물었다.

"오빠가 물주잖아. 그 뭐더라? 봉이라던가? 아무튼 그거 잖아."

"…물주? 봉?"

한국에 온 지 얼마 되지 않은 연아가 벌써부터 능숙하게 언어를 다루는 모습이었다. 한데 그보다 어째 저 말투가 왠지 귀에 익숙하다는 생각이 들었다.

잠시 생각하던 재중의 뇌리에 금방 떠오르는 존재가 있었다.

"너 테라한테 한국말 배웠지?"

"응, 다른 사람에게도 배우긴 했지만 아무래도 가장 붙어 있는 시간이 많으니까 테라 씨랑 수다 떨면서 배웠는데, 왜? 이상해? 희준 언니는 자연스럽다고 하던데."

재중이 외국인들이 한국어를 할 때 흔히 보이는 어눌한 발음 때문에 지적한 것이라 생각한 연아가 물어봤다. 오히려 그 반대였다.

"아니. 너무 자연스러워서 그냥 놀랐을 뿐이야."

"그래? 호호호호! 역시. 그보다 테라 언니 대단하더라. 위성 채널로 TV 보는데 다 알아듣더라고."

영어권은 어차피 연아가 주 종목이니 상관없지만 위성

채널은 다른 나라의 방송도 많은 편이다.

웬만해서는 영어만 해도 거의 문제없지만 그렇지 않은 경우도 많았는데 테라는 그 모든 것을 다 알아듣고 설명까지 해주니 연아는 놀랄 수밖에 없었다.

연아가 옆에서 확인한 것만 해도 무려 12개 국어를 전혀 어려움 없이 듣고 읽었으니 말이다.

씨익~

재중은 딱히 테라에 대해서 설명할 방법이 없기에 그냥 웃어버렸다.

그런데 연아는 오히려 그런 재중의 웃음을 보고는 묘한 표정이 되어 재중에게 바짝 다가오더니, 은근한 목소리로 말했다.

"그렇게 대단한 테라 씨가 겨우 이런 카페 매니저로 있는 것은 정말 아깝지 않나? 무려 12개 국어를 자유롭게 듣고 읽는 재원인데 말이야. 거기다 미인이지, 똑 부러지는 성격에, 여기 여대생들한테도 인기가 많고, 테라 씨에게 대시하는 남자들도 자주 보이던데 말이야."

"…너 무슨 대답을 듣고 싶어서 그러는 거야?"

재중이 무신경하긴 하지만 눈치까지 없는 것은 아니다.

연아의 말에 뼈가 있다는 것을 느끼고 물어보자,

"테라 씨랑 썸씽 같은 거 없어?"

덥석 물어버리는 연아이다.

하지만 재중은 그런 연아의 질문에 그저 웃어버렸다.

한때 카페에 오는 손님들도 재중과 테라를 사귀는 연인, 또는 부부로 알고 있었던 적이 있었다.

하지만 재중에게 테라는 가족이었다.

연아와 달리 피는 이어지지 않았지만 영혼이 이어진 가족 말이다.

"가족 같은 사이면 대답이 됐냐?"

"가족? 그거 무슨 의미야? 연인? 아니면 동생? 아니면 누나?"

테라가 재중을 깍듯이 대하는 것을 보면 연상처럼 보이진 않았다.

하지만 대화를 나눠보면 웬만한 노인보다 더한 연륜이 느껴진 적도 많기에 연아는 테라의 나이를 가늠할 수가 없었던 것이다.

재중만 봐도 20대 초반으로 보이는 외모를 가지고 있지만 실제 나이는 이미 30대 중반을 향해 달려가고 있지 않는가?

"너와 같아."

재중은 그렇게 말하고는 보던 운전면허 필기 문제집을 들고 들어가 버렸다.

그렇게 들어가는 재중을 바라보던 연아는 한숨을 내쉬었다.

"하아, 오빠는 정말 바로 옆에 저렇게 멋진 여자가 있는데 전혀 반응이 없다니 혹시 고자인가?"

"나 고자 아니다. 그리고 일찍 자라. 여자는 늦게 자면 피부 나빠진다더라."

뜨끔.

아주 작게 한 혼잣말인데 재중이 듣고 대답했다.

순간 찔린 듯 놀란 표정으로 쳐다보는 연아이다.

하지만 연아는 곧 화를 내면서 잔소리를 했다.

"귀만 밝지 말고 눈치도 좀 밝아서 가까운 데 있는 멋진 여자를 낚아채면 얼마나 좋아. 나 참."

여자에게 전혀 관심이 없다는 듯한 재중의 행동이 마음에 들지 않는 연아이다.

처음에는 재중이 자신을 찾느라고 혼기를 놓친 것으로 생각했던 연아였다.

하지만 직접 한국에 와서 재중과 생활해 보니 그게 아니라는 것을 어렴풋이 느끼고 있는 것이다.

여자에게 관심 자체가 거의 없는 재중이었다.

이곳 미화여대는 이미 한국에서도 얼굴이면 얼굴, 몸매면 몸매, 학식이면 학식, 어느 것 하나 빠지지 않는 미녀들이 모여 있기로 유명한 대학이다.

오죽하면 연아가 놀랄 만한 미모를 가진 여대생들을 심심치 않게 보면서 놀랐겠는가?

그런데 그런 파릇파릇한 여대생을 매일같이 마주하고 접대하는 재중은 그저 고객과 주인의 모습이었으니 말이다.

아무리 요즘 늦게 장가를 간다고 해도 재중의 나이를 생각하면 많이 늦었다.

돈이 없는 것도 아니고 번듯하니 카페를 차려서 장사도 잘되고 있다.

사실 지금 당장 여자만 있으면 장가가는 것은 아무런 문제도 없어 보인다.

그러니 연아로서는 여자에게 관심이 없는 재중이 도무지 이해가 가지 않는 것이다.

연아도 양부모 밑에서 마켓 일을 하면서 바쁘게 살았지만 그래도 몇 번 연애한 경험이 있다.

그런데 테라에게 들어보니 재중은 연애라는 것을 아예 해본 적이 없다고 한다.

연아는 정말인지 의심까지 했다.

모태솔로라는 말을 듣긴 했지만 설마 자신의 친오빠가 그 모태솔로일 줄은 예상조차 못했었다.

"어떻게든 장가를 보내야 되는데 말이야."

연아는 아직도 자신만 편하게 살아온 것에 대해 재중에게 미안한 마음이 남아 있었다.

연아는 자기도 여자로서 늦은 나이에 속한다는 것은 생각하지 못하고 오직 재중이 먼저 장가를 가야 한다는 생각만 가득했다.

역시나 남매는 똑같다고 해야 할까?

서로 결혼시키려고 고민하고 있으니 말이다.

"테라 씨가 확 오빠를 자빠뜨려서 덮치면 그냥 끝날 것 같은데… 좋아하는 것 같은 눈치인데……."

혼자서 이런저런 상상을 하던 연아지만 결국 재중이 가장 큰 문제라는 것은 변함없는 현실이었다.

연아는 한숨과 함께 지하실로 내려가 버렸다.

Chapter 04
우연한 만남

"아울렛?"

재중은 아침에 일어나자마자 연아의 손에 이끌려 전희준과 비아까지 데리고 아울렛 매장에 도착했다.

재중은 당연히 백화점으로 갈 것이라 생각하고 사람들 틈에서 시달릴 것을 각오하고 있었다.

그런데 생각과 달리 외곽에 있는 아울렛으로 오자 속으로는 반기는 중이다.

"백화점보다 여기가 좋아."

연아는 마켓을 운영하던 부모 밑에서 자라서인지 거품이

많은 백화점을 은근히 꺼려했다.

어쩌면 원가와 유통이 어떻게 되는지 뻔히 알고 있는 연아였기에 더더욱 그랬는지도 몰랐다.

주부들이 외식 나가서 집에서 해먹을 수 있는 음식을 사 먹는 것을 아까워하는 것과 비슷하기도 하다.

거기다 먹는 것과 달리 입는 것은 액수가 다르니 좀 더 민감한 걸지도 몰랐다.

하지만 아울렛에 도착해서 옷의 가격을 본 연아는, 자신이 알던 아울렛과 너무나 다른 가격에 놀라는 중이었다.

"어째 미국보다 더 비싸냐. 아무리 수입하는 거라지만."

알래스카에 살 때는 작업복으로 자주 사 입던 점퍼나 옷이 이곳 한국에서는 유명 메이커로 비싸게 팔리고 있었다.

연아는 도무지 이해를 하지 못한다는 표정이다.

"헐, 이건 미국보다 세 배나 비싸네."

같은 제품이 미국에서 사던 것에 비해 세 배나 비싼 것에 연아도 결국 아울렛을 나갈까 하는 고민에 빠질 수밖에 없었다.

하지만 아울렛이 이 정도면 다른 곳은 더 비싸다는 생각에 결국 어쩔 수 없이 옷을 고르기 시작했다.

여기까지 온 기름 값도 있고 아울렛이 이 정도면 다른 곳은 더 비쌀 것이 뻔했으니 말이다.

하지만 사면서도 도대체 어째서 미국에서 자신이 알고 있는 정가보다 기본 두 배에서 심한 것은 네 배나 비싼 것이 도무지 이해가 가지 않는 연아였다.

물론 가격표에 쓰인 가격이 말이다.

실제 아울렛에서 살 때는 그것보다 싸게 사긴 했지만 그래도 연아가 아는 것보다 비싼 것은 확실했다.

"차라리 한국으로 올 때 옷을 모두 가지고 올 걸 잘못했어."

옷을 고르는 중에도 영어로 혼자 투덜거리는 연아의 모습에 재중은 그냥 웃을 수밖에 없었다.

재중도 왜 비싼지는 모르지만 그냥 비싸게 팔기에 비싸게 사는 것이다.

사실 옷에 관심도 없는 재중이기에 그렇게 비싼 줄도 몰랐고 말이다.

하지만 역시 여자의 쇼핑은 무서운 법이다.

"다 산 거야?"

"응."

연아는 투덜거리면서도 이미 한가득 옷을 품에 안고 있었다.

전희준과 그녀의 딸 비아도 마찬가지로 한 아름 안고 있다.

어린 비아는 그저 옷을 산다는 것이 좋은지 입에서 웃음이 떠나질 않았지만 전희준은 재중을 보면서 미안해하는 표정이다.

"괜찮아요. 이 정도는 부담될 수준은 아니니까요."

재중은 어제 연아의 말을 듣고서야 자신이 실수했다는 것을 깨달았다.

그렇기에 조금 전 아울렛에서 가장 싸고 볼품없는 옷 하나만 골라 자신의 주머니에서 지갑을 꺼내는 전희준을 막아버린 재중이다.

변덕이든 뭐든 자신이 데리고 왔고, 스스로 일어서기 전까지는 보호해 주기로 했다. 한데 옷조차 제대로 가지고 온 것이 없는 것을 몰랐으니 재중의 실수가 분명했다.

스스로 생각해도 어처구니없었기에 아예 나올 때 옷을 마음껏 고르라고 했다.

하지만 전희준이 그런다고 옷을 고를 리가 없었다.

"언니, 이 옷 예쁘다."

옷을 보고 만지기만 할 뿐 선뜻 집어 들지 못하는 전희준의 모습에 결국 연아가 나섰다.

그녀가 손댄 옷은 무조건 입어보라고 하고 어울리면 무작정 가격표를 떼버리는 연아 때문에 전희준도 어쩔 수가 없었다.

"212만 원입니다, 고객님."

"……."

여자 셋, 아니, 정확하게 성인 여자 둘에 어린 여자애 하나의 쇼핑이 이 정도로 엄청날 줄은 정말 몰랐던 재중이다.

가격만 보면 확실히 거금이다.

하지만 산 옷의 종류를 보면 필요 없는 것은 없고 무작정 닥치는 대로 쇼핑한 것도 아니기에 어쩔 수가 없었다.

하지만 재중은 몰랐다.

지금의 쇼핑은 겨우 서막에 불과하다는 것을 말이다.

"오빠, 이제 속옷 사러 가야지."

"응?"

"여자들은 속옷이 얼마나 중요한데. 아무튼 남자는 이렇게나 아무것도 몰라요."

그날 재중은 여자들의 속옷 가격이 방금 전에 산 유명 메이커 옷보다 비싸다는 것을 처음 알게 되었다.

당연히 재중의 주머니는 가벼워졌다.

하지만 그저 쇼핑에 미쳐서 필요 없는 것을 산 것은 하나도 없었다.

남자인 재중이 봐도 꼼꼼하게 필요한 것만 고르는 연아의 모습에 자신도 모르게 흐뭇한 미소가 지어졌다.

가장의 마음이 이런 걸까?

가정은커녕 여자도 만나서 사귀어본 적도 없는 재중이지만 왠지 오늘은 아버지들의 기분을 알 듯한 기분이 들었다.

"자, 이제 밥 먹자!"

"예~ 밥이다!"

쇼핑이 모두 끝나고 연아가 밥 먹자고 하자 기다렸다는 듯 비아가 만세를 부른다.

옷을 산다고 들떠 있긴 했지만 어린애들이란 원래 금방 지치고 쉽게 배고픈 법이다.

그나마 아주 어릴 때부터 달동네에 살면서 눈치로 살아왔기에 배고픈 것을 참고 있던 비아지만 밥 먹자는 말에 자신도 모르게 반사적으로 반응해 버렸다.

비아의 모습에 한껏 자신만만해진 연아가 재중에게 슬쩍 다가오더니 작게 말했다.

"오랜만에 밖으로 나왔는데 밥도 먹고 좀 쉬다 들어가야지. 안 그래, 오빠?"

실질적인 오너, 봉, 물주인 재중을 보며 연아는 당장 맛있는 곳으로 안내하라고 압박을 보내왔다.

하지만 재중은 카페를 잘 벗어나지 않는 성격으로 사실 이런 아울렛은 와본 적도 없었다.

"난 몰라."

"어라? 정말 몰라?"

"알잖아 나 카페를 거의 나가지 않는 거."

"이런."

재중을 믿고 있던 연아는 별수 없이 스스로 찾아야만 했다.

그런데 그렇게 몇 분간 먹이를 찾아 떠도는 하이에나처럼 아울렛을 배회했을까?

"어머, 재중 씨?"

"쩝."

긴 생머리에 같은 여자가 봐도 굉장한 미녀가 재중을 알아보고는 웃으면서 다가오는 것이 아닌가?

"오빠, 누구야?"

"그냥… 아는 사람."

재중은 웬만하면 부딪치고 싶지 않은 천서영을 여기서 다시 만났다는 것에 살짝 씁쓸한 기분이 들었다.

"안녕하세요. 천서영이라고 해요."

밝게 웃으면서 재중 옆의 연아를 보면서 인사하자 연아도 얼떨결에 마주 인사를 받았다.

"네, 안녕하세요. 선우연아예요."

"어머!"

천서영은 그냥 재중 옆에 여자가 있기에 혹시나 재중의 여자 친구인가 싶은 마음에 일부러 인사한 거였다. 그런데 연아가 대답하는 바람에 알게 된 것이다.

그녀가 그토록 재중이 찾아 헤매던 여동생임을 말이다.

하지만 자기 일처럼 좋아하는 천서영의 모습과 반대로 재중은 그저 어색하게 웃을 뿐이다.

"오빠를 아세요?"

재중과 천서영의 관계를 알 리가 없는 연아였다.

도대체 재중의 옆에 테라를 비롯해서 천서영까지 굉장한 미녀들이 있다는 것이 놀라울 뿐이다.

하지만 동시에 천서영을 보는 순간 오빠를 장가보내고 싶어 하는 여동생의 모드가 발동해 버렸다.

"아, 뭐 많은 도움을 받은 적이 있어요. 저희 할아버지와도 친하거든요."

"그래요? 오빠가 말을 하지 않아서 전혀 몰랐네요. 그죠, 오빠?"

지그시 노려보는 연아의 눈빛에 재중은 애써 무시하면서 자리를 벗어나려고 발을 움직였다.

"저희는 이만."

천서영을 가볍게 지나쳐 가버리려고 하는 재중이다.

하지만 그보다 빨리 연아의 손이 재중의 손목을 낚아챘다.

"혹시 여기 맛있는 식당 아세요? 저희가 배가 고픈네 아는 곳이 없어서요."

연아가 재중의 손목을 강하게 움켜쥐면서 천서영에게 물어보자,

"어머, 저도 마침 밥 먹으려고 하던 참인데 잘됐네요."

기다렸다는 듯 천서영까지 일행으로 끼어들어 버렸다.

"제가 자주 가는 곳이 있는데 재중 씨와 우연히 만난 기념으로 제가 점심 살 테니 제 차로 가세요."

"……."

연아가 일부러 천서영에게 저렇게 말했다는 것을 알고 있는 재중이지만 뿌리칠 수가 없었다.

천산그룹과 인연을 맺게 된 것도 따지고 보면 모두 연아 때문이니 말이다.

사실 여태까지는 딱히 도움 받을 일이 없었다.

그저 천 회장과 통화하면서 서로 안부를 묻는 정도로 아직 인연만 유지하고 있을 따름이다.

Chapter 05
마나친화력

재중귀환록

"와!"

천서영을 따라 도착한 곳은 한정식을 전문으로 하는 곳이었다.

하지만 외관만 보면 그저 오래된 고택이라고 여기고 지나칠 만큼 특이한 곳이기도 했다.

"저희 할아버지께서 좋아하는 곳이에요. 저도 자주 오구요."

천서영이 먼저 앞장서서 안내해 안으로 들어가자 정갈한 한복을 입은 중년의 남자가 천서영을 보고는 인사했다.

"아가씨 오셨습니까."

"방 있죠?"

"네. 언제나 회장님이 자주 오시는 방은 비워놓고 있으니까요. 이리로……."

고택의 주인으로 보이는 남자는 뒤쪽의 별채처럼 따로 떨어진 곳으로 일행을 안내했다.

깔끔하면서도 세월의 흔적이 고스란히 남아 있는 작은 집이었다.

"식사는 어떻게 할까요?"

"전 언제나 먹던 걸로요. 그리고 재중 씨는요?"

천서영은 오는 내내 자신에게 한마디도 하지 않는 재중의 모습이 못내 서운했는지 일부러 재중에게 메뉴를 물어봤다.

"같은 것으로 주세요."

하지만 간단하게 피해 버리는 재중이다.

그리고 사실 이곳에는 메뉴판이라는 것이 존재하지 않았으니 결국 모든 메뉴는 천서영이 자주 먹던 것이 되어버리는 게 어쩌면 당연했다.

그런데 그렇게 주인이 물러나자 연아가 슬쩍 천서영에게 물었다.

"서영 씨… 혹시 무슨 아가씨예요? 회장님이라고 들은

것 같은데?"

아무리 연아가 한국에서 살지 않았다고 하지만 돌아가는
분위기나 방금 남자의 태도를 보면 천서영이 어떤 여자인
지 궁금할 수밖에 없었다.

"…그게… 사실은……."

그런데 이상하게 천서영이 재중의 눈치를 보면서 자신에
대해서 말하는 것에 허락을 구하는 게 아닌가.

연아에게는 수상할 수밖에 없는 장면이었다.

연아가 다시 재중을 보며 의심스럽게 물었다.

"…도대체 무슨 사이예요, 두 사람? 마치 사귀다가 헤어
진 연인처럼……."

연아는 어색해하면서도 한편으로는 친근하게 구는 천서
영이 이상해서 한 말이었다.

그런데 천서영의 귀가 붉어지면서 당황하기 시작한다.

"여, 연인이라니요. 그런 사이는 아직 아니에요."

순간 당황해서 실수로 말이 튀어나와 버린 천서영이었
다.

하지만 그 말을 들은 연아는 오히려 눈이 살짝 날카롭게
변하면서 마치 CSI 요원이라도 된 듯 말한다.

"아직은… 이라 이거죠. 호호호호, 호호호!"

연아가 재중과 천서영을 번갈아 바라봤다.

"전 상관 없습니다."

연아가 점점 노골적으로 자신의 흑심을 드러내는 것 같아 우선 진정시킬 의미로 천서영에게 그냥 말해도 된다고 허락 비슷하게 말했다.

그리고 천서영의 입에서 나온 말을 들은 뒤, 방 안에는 잠시 적막만이 흘러내렸다.

연아뿐이 아니었다.

전희준도 놀라서 재중을 쳐다보고만 있을 뿐이었으니 말이다.

"말도 안 돼! 정말 아가씨였잖아. 천산그룹의 회장님 손녀면……."

연아도 천산그룹은 알고 있었다.

자신이 알래스카에서 살 때 쓰던 가전제품의 60%가 바로 천산전자에서 만든 제품이었으니 모를 수가 없었던 것이다.

그뿐인가?

연아는 마켓을 운영했기에 더더욱 잘 알고 있었다.

그런데 그 천산그룹의 회장님 손녀였다니?

거기다 재중을 은근히 좋아하는 듯한 저 모습은 또 뭐란 말인가?

연아는 도대체 재중이 자신이 아는 오빠가 맞는지 의심

이 들었을 정도였다.

그러니 다른 사람은 어떻겠는가?

"도대체 오빠는 왜 아직 혼자야?"

당연히 연아로서는 주변에 여자가 널려 있는 재중의 현재 상황과 재중의 무관심한 모습에 괴리감이 느껴질 수밖에 없었다.

"……."

대답 대신 살짝 입가에 미소만 지어 보이고 마는 재중이다.

그리고 그런 재중의 모습에 천서영도 표정이 시무룩해져 버렸다.

사실 처음 재중을 찾아갔을 때 천서영은 그저 고맙다는 말을 하고 싶은 마음이 전부였다.

하지만 재중을 만나고 난 뒤 돌아온 천서영은 이상하게 재중의 얼굴이 쉽게 잊히지 않는 것이다.

목숨을 구해준 남자라서?

아니면 잘생겨서?

아니면 너무 동안이라서?

여러 가지를 생각해 봤지만 도무지 이유를 알 수가 없었다.

그저 이상하게 친근한 마음이 들면서 신경이 쓰이기 시

작한 것이다.

그리고 천서영은 그런 마음이 무엇인지 모를 만큼 어리석지도, 어리지도 않은 나이의 아가씨였다.

반면 재중은 천서영이 자신에게 이토록 호감을 보이는 모습을 보고는 속으로 한숨을 내쉬는 중이다.

'역시 그것 때문인가.'

생전 처음 보는 남자에게 여자가 매력을 느낄 수도 있다.

하지만 그런 것치고는 천서영의 반응은 너무 빠르고 과했다.

재중이 차갑게 대하고 매정하게 행동했음에도 저토록 호감을 보인다면 뭔가 다른 이유가 있는 것이다.

그리고 재중은 천서영이 자신에게 호감을 보이는 이유를 대충 알고 있었다.

그것은 바로 마나 친화력이었다.

재중이 천서영을 치료할 때 나노 오리하르콘만 사용한 게 아니었다.

나노 오리하르콘을 움직이도록 하는 원동력이 바로 마나이다.

그리고 이미 항생제로 다 죽어가는 그녀의 몸을 빠르게 회복시키기 위해서 마나를 사용한 것 때문에 지금 그녀가 재중에게 호감을 보이고 있는 것이다.

마나란 본래 생명의 근본이 되는 것이다.

그리고 그런 생명의 근본이 되는 마나가 재중의 몸을 통해 천서영의 몸속으로 들어갔다.

세포를 활성화시키면서 대부분은 재중이 다시 회수했지만 사용한 마나를 100% 회수할 수는 없었다.

현재 재중의 마나가 천서영의 몸에 적은 양이지만 녹아들어 자연스럽게 하나가 되어버린 것이다.

그런데 여기서 바로 문제가 생겨 버렸다.

바로 마나 친화력이 생긴 천서영이 무의식적으로 자신에게 마나를 나눠 준 재중에게 호감을 보이게 된 것이다.

마치 어미와 자식과 같이 말이다.

사랑일 수도, 그냥 호감일 수도 있었다.

하지만 문제라면 천서영의 마나친화력 반응이 전혀 생각지 못했던 것에 있었다.

지구는 마나가 극히 희박한 곳이었다.

그렇기에 재중은 자신이 마나를 썼다고 해서 천서영이 이렇게 마나 친화력 증세를 보일 것이라고는 생각지도 못했었다.

그래서 마나를 사용했던 것이다.

마나가 가득한 대륙에서도 백 명에 한 명 꼴로 나타나는 마나 친화력 증세였으니 말이다.

하지만 겨우 세 명이었다.

재중이 지구에 와서 자신의 마나를 이용해서 나노 오리하르콘을 움직여 치료한 사람이 말이다.

그런데 다른 사람은 다 멀쩡한데 천서영만 유독 마나 친화력 증세를 보이고 있으니 결과적으로 대륙에서의 1/100 확률이 지구에서는 1/3 확률이 되어버린 것이다.

만약 이곳이 지구가 아니라 대륙이었다면 천서영은 축복을 받은 것이나 마찬가지다.

마나 친화력은 곧 마법사가 될 수 있는 최소한의 자격이 있다는 말이니 말이다.

물론 재중은 천서영에게 마법을 가르칠 생각이 전혀 없다는 것이 그녀의 입장에서는 안타깝지만 말이다.

뭐 마법을 가르친다고 해도 마나가 이렇게 희박한 곳에서는 사실 제대로 마법을 배울 수 있을지도 의문이긴 했다.

*   *   *

인천국제공항에 전용기 한 대가 조용히 내려앉았다.

수백억이 가볍게 넘는 개인용 전용기를 쉽게 볼 수 있는 것은 아니기에 인천공항은 긴장하는 중이다.

최소한 실수 한 번에 자신들 밥줄이 하루아침에 사라질 수도 있는 힘이 있는 사람일 테니 말이다.

그리고 그런 인천국제공항의 직원들을 긴장시킨 전용기의 주인이 일반인이 아닌 VIP만 다니는 통로를 통해 모습을 드러냈다.

"회장님."

재중에게 레시피를 사려고 했던 숀과 그렉이 90도로 인사하면서 맞이하는 것이 아닌가?

"우선 조용히 차로 가지."

회장이 주변의 눈치를 살피다가 슬쩍 그렉이 준비한 차에 올라탔다. 차는 곧바로 조용히 출발했다.

어떻게 보면 한 사람이 조용히 입국했을 뿐인 광경이다.

하지만 숀과 그렉이 맞이한 회장이야말로 바로 브라질에서 가장 큰 커피 기업을 이끌고 있는 기업의 회장이었다.

커피를 좋아해서 시작한 커피 사업이 불과 50년 만에 브라질 기업 순위 1위의 업적을 남겼다.

그는 브라질산 부르봉 산토스라는 원두를 가장 많이 생산, 판매하는 회사의 오너였다.

그리고 그는 재중의 카페에서 판매하고 있는 커피를 전설의 블렌딩 커피인 퀸 오브 썬라이즈로 확인한 장본인이기도 했다.

"내가 온 것은 어떻게 처리됐지?"

회장이 조용히 물어보자 손이 빠르게 대답했다.

"우선 한국에 저희 커피를 판매하기 위하여 한국 기업과 접촉하러 오신 것으로 되어 있습니다."

"음, 그럼 나와 접촉할 기업도 골라놨겠지?"

회장이 날카롭게 손을 보며 말했다.

회장의 눈빛을 바로 마주한 손은 자신의 모든 것이 발가벗겨져서 그대로 드러난 듯한 느낌을 받았다.

브라질에서 커피만으로 기업 순위 1위에 올려놓는 것이 절로 되는 것이 아니다.

이미 나이가 들어 노쇠한 듯했지만 눈빛만큼은 오히려 경험과 연륜에 따라 더욱 깊어진 것이다.

눈빛 하나만으로 부하를 압박하는 것을 보면 말이다.

"우선 천산그룹과 태평그룹에 약속을 잡아놨습니다."

천산그룹이라는 말에 회장은 눈빛에 이채를 보였다.

"용케 천산그룹에 손을 넣었군그래."

그냥 흔한 카페 프랜차이즈와 약속을 잡았을 거라고 생각한 회장이 손의 말에 눈빛이 반짝였다.

한국 1위 기업인 천산그룹과 5위지만 오히려 식품만 놓고 본다면 1위나 다름없는 태평그룹이다.

그 양쪽에 약속을 잡았다는 말에 생각보다 그들의 능력이 뛰어남을 알고 고개를 끄덕였다.

이어 그는 기다렸다는 듯 조용히 입을 열었다.

"선우재중이라고 했던가?"

"네, 회장님."

"반응은?"

회장이 별다른 말도 없이 다짜고짜 물어보자 숀은 순간 당황했다가 다시 황급하게 입을 열었다.

"설득이 통하지 않습니다. 죄송합니다, 회장님."

"흠, 퀸 오브 썬라이즈의 블렌딩 레시피를 팔지 않겠다……. 후후훗. 뭐, 가보면 알겠지."

이미 지금 회장의 머릿속에는 천산그룹과 태평그룹을 만나서 사업에 대해 논의하는 것은 사라지고 없었다.

오로지 재중의 카페로 가서 죽기 전에 과연 다시 맛볼 수나 있을지 걱정했던 전설의 퀸 오브 썬라이즈를 마셔볼 생각에 엉덩이가 들썩거리고 있었으니 말이다.

"모시겠습니다."

숀은 회장의 병적인 커피 사랑을 잘 알기에 바로 호텔이 아닌 재중의 카페로 방향을 틀었다.

                    *   *   *

"할아버지께서 한번 뵙자고 해요."

식사가 끝나자 연아가 고택을 구경해 본다고 전희준과 비아를 데리고 잠시 자리를 비운 상태였다.

그래서 천서영은 지금이 기회라 여기고 조용히 말을 꺼낸 것이다.

하지만 재중은 단칼에 고개를 저었다.

"통화만으로 충분합니다."

"역시나."

천 회장의 말대로 말을 꺼내자마자 거절하는 재중의 모습에 천서영은 작게 한숨을 내쉬었다.

"저는 어쨌든 말은 전했어요."

천 회장도 재중이 거절하든 말든 우선 말은 전하라고 했기에 별수 없이 그대로 물러난 천서영이다.

하지만 그것보다 천서영은 재중이 너무나 이상하다는 생각이 들었다.

천산그룹과 인연을 만들려고 노력하는 사람이 한국 땅에는 넘쳐나고 있다.

거기다 천산그룹의 회장인 천 회장과 직통으로 통화를

하는 사람은 천서영이 알기에도 국내에 기껏 열 명 남짓일까?

사실 가족 외에는 천 회장과 직통으로 통화를 하는 사람은 극히 소수에 불과했다.

표면적으로는 천 회장이 아들에게 자리를 물려주고 일선에서 물러나려고 하는 것처럼 보였다.

하지만 가족인 천서영은 너무나 잘 알고 있었다.

천 회장의 말 한마디면 재중의 카페가 전국 체인이 되는 것도 결코 불가능하지 않다는 것을 말이다.

그만큼 천 회장과의 개인적인 친분은 돈으로 따질 수 없는 엄청난 것이었다.

그런데 지금의 상황은 좀 이상했다.

천 회장이 재중에게 매달린다고 해야 할까?

마치 짝사랑하는 여자에게 매번 프러포즈하는데 딱지 맞는 것과 같은 상황인 것이다.

물론 비유적으로 그렇다는 것이지만 천서영이 보기에는 딱히 틀린 것도 아니었다.

매번 먼저 재중에게 전화를 거는 것도 천 회장이었다.

그리고 매번 한번 만나고 싶다고 찾아오라고 하면 싫다는 대답이 돌아오니 말이다.

"개인적으로 궁금한 것 한 가지 물어봐도 되나요?"

천서영이 조심스럽게 물어보자 가볍게 고개를 끄덕이는 재중이다.

"할아버지와 직접 통화를 하는 사이인데 원하는 거 없어요?"

권력이나 돈에 빌붙는 인간들의 행동을 어릴 때부터 봐온 천서영이다.

무관심해 보이는 재중의 모습이 너무나 이상해서 물어본 것이다.

"뭔가 원해야만 하는 건가요?"

오히려 되물어오는 재중의 질문에 천서영은 잠시 침묵하다가 입을 열었다.

"이상하잖아요. 사실 재중 씨가 절 살려준 것이 그냥 살려준 것은 아닐 거라고 할아버지도 그랬어요. 그런데 막상 아무것도 원하지 않잖아요."

"크크크큭!!"

그런데 천서영의 말에 재중이 갑자기 웃음을 터뜨리는 게 아닌가?

그것도 앞에 앉은 천서영이 무안할 만큼 크게 말이다.

"돈, 그렇게 자랑스러운 건가요?"

"네?"

갑작스런 재중의 변화에 천서영은 당황했지만 표정만큼

은 차분하게 유지하려고 노력하는 중이었다.

"천산그룹, 확실히 한국 1위 기업이죠. 연아도 듣고 놀랄 정도이니 대단하긴 하네요. 하지만 그게 어떻다는 거죠?"

마치 방 안만 한겨울이 된 것처럼 분위기가 차갑게 가라앉아 버렸다.

천서영은 재중의 이런 변화를 어떻게 받아들여야 할지 판단이 서지 않았다.

"그, 그럼 도대체 돈을 원하는 것도 아니고 다른 것을 원하는 것도 아닌데 절 왜 살려준 건가요?"

사실 천서영이 묻고 싶은 것은 바로 이것이었다.

자신을 살려준 재중의 진정한 생각을 말이다.

암 투병으로 비쩍 말라 미라가 되어가고 있던 자신에게 첫눈에 반해서 살려줬다는 그딴 허무맹랑한 이야기를 듣길 바라는 것이 아님은 그녀 스스로도 잘 알고 있었다.

하지만 어쩌겠는가?

여자인 이상 자신이 호감 가는 사람의 생각을 알고 싶은 것은 어쩔 수 없었다.

"당신에게 반해서요."

"헛!!"

재중이 느닷없이 고백 같은 말을 하자 천서영은 순간 심장이 멈추는 느낌을 받았다.

하지만,

"…라고 하면 어차피 농담인 줄 아실 테니."

"……."

순간 재중의 뺨을 강하게 후려치고 싶은 생각이 간절해진 천서영이다.

"그저 연아가 시집갈 때 하객으로 천 회장님이 한 번 참석해 주시면 그걸로 만족합니다. 그게 제가 천서영 씨를 살려준 대가니까요."

"…방금 뭐라고 했죠?"

순간 천서영은 자신이 잘못 들었나 싶어서 고개를 갸웃거리다가 다시 물었다.

"연아가 시집갈 때 하객으로 천 회장님이 한 번 참석해 주시는 것, 그게 제가 천서영 씨를 살려 드린 대가입니다. 이해가 되지 않나요?"

"……."

재중의 말을 들은 천서영은 지금 재중이 농담하는 것이라고 생각했다.

자신의 목숨의 가치가 겨우 여동생 결혼식 하객으로 천 회장이 참석해 주는 것이라는 말에 이걸 어떻게 받아들여야 할지 판단이 서지 않았다.

"정말… 인가요?"

되묻는 천서영에게 재중은 고개를 강하게 끄덕이면서 대답했다.

"천 회장님께도 이미 말한 상황이니 나중에 확인해 보세요."

"……."

지금 당장 전화 한 통만 해도 알 수 있는 것을 거짓말하진 않았을 거라는 것이다.

또한 천서영이 재중을 자주 보진 않았지만 그가 쉽게 말하는 성격이 아니라는 것은 알고 있었다.

머리로는 자신의 목숨 값이 겨우 결혼식 하객으로 참석하는 것이라는 것을 받아들일 수밖에 없었다.

하지만 가슴으로는 도저히 받아들일 수가 없었다.

아니, 이런 가슴에 상처가 되는 말을 서슴없이 하는 재중이 한없이 미워 보이기까지 했다.

그리고 터져 버린 것이 바로 눈물이다.

서러움일까, 아니면 지금까지 남자한테 이런 대접을 받아본 적이 없기 때문일까.

천서영 본인도 몰랐지만 갑자기 터진 눈물이 그칠 줄을 몰랐다.

그런데 더욱 화가 나는 것은 눈앞에 여자가 우는데도 그저 바라만 보고 있는 재중의 모습이다.

"흑흑, 미안해요. 갑자기 울어서."

왠지 지금 자신이 우는 것이 재중에게 진 것 같은 기분이 들었다.

천서영은 서둘러 손수건을 꺼내 눈물을 닦았지만 이미 울음이 터진 것을 되돌리긴 늦어버린 듯했다.

"어머, 서영 씨, 울어요?"

그런데 정말 절묘한 타이밍에 고택 구경을 마치고 들어온 연아와 딱 마주쳐 버렸다.

"아니에요. 눈에 뭐가 들어가서……. 잠시만… 실례할게요."

천서영은 서둘러 일어서더니 그대로 곧장 나가 버렸다.

천서영이 나가 버리자 연아가 재중의 곁으로 오더니 허리에 손을 올리고는 재중을 나무라기 시작했다.

"오빠, 도대체 서영 씨에게 뭐라고 했길래 우는 거야?!"

하지만 재중은 전혀 변함없는 표정으로 연아를 보면서 말했다.

"질문에 대답했을 뿐이다. 그것도 사실대로 말이야."

"허, 무슨 질문이었는데?"

"그건 비밀이야. 넌 몰라도 되는 거."

어차피 자신이 천서영을 살렸다는 것이나 그 대가로 연

아가 결혼할 때 천 회장에게 하객으로 와달라고 거래했다는 것을 말할 수는 없었다.

"정말 이러기야? 하나뿐인 동생한테도 비밀이야?"

"쩝."

연아가 쉽게 화를 풀지 않을 것 같아 보이자 재중은 일어서 연아 앞에 섰다.

"넌 오빠가 여자를 이유 없이 울리는 사람으로 보이니?"

"아니. 그건 나도 느낌으로 알아. 하지만 나한테 비밀은 싫어."

이제 세상에 남은 핏줄은 겨우 단둘뿐이다.

연아는 재중이 자신에게 비밀이 생긴다는 것이 너무나 싫었던 것이다.

"쩝, 사실 천 회장님이 너 결혼할 때 주례를 봐주기로 했어."

"잉?"

천서영이 우는 것을 다그쳤는데 갑자기 자신 결혼식 주례가 나오자 당황한 것은 연아였다.

"서영 씨가 나에게 천 회장님과 한 약속이 뭐냐고 물어봐서 연아 네가 결혼할 때 하객, 아니면 주례를 봐달라고 했다 했더니 안 믿어서 직접 전화해 보라고 했을 뿐이야."

"그런데… 서영 씨가 울어?"

도무지 연아의 상식으로 천서영이 우는 것이 이해가 되지 않았다.

오히려 재중은 어깨를 으쓱할 뿐이다.

"나도 모르지. 왜 우는지는."

"말도 안 돼."

이건 누가 들어도 이해가 가지 않는 상황이라 연아는 혼란스러웠다.

하지만 가장 빠른 해결 방법이 있었다.

"내가 서영 씨한테 가서 물어볼 거야."

"그래."

으름장을 놓는 듯 말하는 연아와 달리 재중은 변함이 없었다.

연아에게 거짓말을 한 것은 아니었다.

물론 모든 것을 다 말해주지도 않았지만 말이다.

연아는 그대로 천서영을 찾아 나가 버렸다.

그리고 때마침 재중의 휴대폰이 울렸다.

"무슨 일 있어?"

웬만해서는 거의 전화를 하지 않는 테라가 또 전화를 했다.

재중이 느낌이 좋지 않아서 물어보자, 느낌대로 달갑지

않은 답이 돌아왔다

　─마스터, 전에 블렌딩 레시피 팔라고 했던 사람들이 또 왔는데요. 아무래도 기업 회장이 직접 온 것 같아요.

　"회장이? 설마 브라질에서 날아왔다는 거야?"

　커피 하나 때문에 브라질에서 기업 회장이 직접 날아왔다는 말에 오히려 황당한 것은 재중이었다.

　무언가에 미친 사람들이 얼마나 광적이고 즉흥적인지 재중은 알지 못했으니 당연히 이해를 못할 수 있다.

　하지만 실제로 마니아라 부르는 사람들은 자신이 좋아하는 것을 위해서라면 평생 모은 돈도 아낌없이 사용하기도 한다.

　아니, 자신이 좋아하는 것을 사기 위해 적금을 드는 사람도 있을 정도다.

　그만큼 무언가에 미친 듯이 빠져든 사람은 무서운 법이다.

　하물며 브라질 기업 순위 1위의 대기업 회장이다.

　그에게 자신이 좋아하는 커피를 마시기 위해 한국에 오는 것은 그저 점심이나 먹으러 좋아하는 식당에 가는 것과 다를 것이 없었다.

　물론 대기업 회장이기에 가능한 일이지만 말이다.

　아직 재중으로서는 돈 많은 사람들의 행동을 모두 이해

하기는 힘들었다.

하지만 또 한편으로는 회장이 직접 움직였다는 것은 그만큼 재중의 카페에서 가지고 있는 블렌딩 레시피, 즉 퀸 오브 썬라이즈를 만드는 비법이 값어치가 상당하다는 말도 되었다.

"그렇게 비싼 레시피라니, 크크큭."

커피를 마시러 한국까지 오는 회장의 광적인 커피 사랑을 이해하진 못한다.

하지만 그 이면에 숨겨진 대기업 회장이 직접 움직였다는 사실에 대해서는 충분히 이해하고 있는 재중이다.

대기업의 회장이 직접 움직일 만큼 엄청난 값어치를 지닌 것은 확실했으니 말이다.

—마스터, 쇼핑이 끝났으면 와주세요.

"알았다. 어차피 곧 카페로 돌아갈 생각이었으니까."

재중이 전화를 끊자 전희준과 한비아도 때마침 방으로 들어왔다.

"이제 가죠. 카페도 슬슬 바빠질 시간인데."

재중의 말에 시계를 본 전희준은 벌써 오후 4시가 되어간다는 것을 알고 서둘러 쇼핑백을 챙겼다.

조금 뒤, 천서영에게 무슨 말을 들었는지 모르지만 석연찮은 표정으로 니타난 언아까지 합류해 모두 곧바로 택시를 타고 카페로 향했다.

역시나 카페에 도착해 보니 재중을 기다리는 손의 얼굴
이 보였다.

그 옆에는 나이를 가늠하기 조금 애매한 노인이 앉아 있
었다.

몸은 비록 노쇠하여 늙었을지 몰라도 재중을 쳐다보는
눈빛만큼은 확실히 지금까지 재중이 만났던 사람들과 다른
느낌을 주었다.

재중은 그가 회장이라는 것을 단번에 알았다.

어차피 회장의 목적이 뭔지 알기에 재중은 들어가서 인
사를 하고는 가볍게 손님을 대하는 것처럼 대했을 뿐이었
다.

하지만 재중의 그런 모습을 본 회장이 다짜고짜 재중을
향해 말했다.

"원하는 가격을 말해보게."

"제가 돈을 원해서 팔지 않는 것처럼 보이십니까?"

카페에 오자마자 회장이 한 말에 재중이 차분하게 대답
했다.

회장은 그런 재중을 뚫어지게 쳐다보기 시작했다.

사람의 눈은 마음의 창이라는 말이 있다.

즉 아무리 거짓말을 하려고 해도 눈동자는 거짓말을 하지 않는다.

그리고 회장은 지금까지 이렇게 상대방의 눈동자를 보면서 자신이 먼저 상대를 파악해 거래를 유리하게 이끌어왔다. 그렇게 브라질 최고의 기업을 만들었다.

"흠……."

그런데 어찌 된 일인지 산전수전 다 겪은 회장이 재중의 눈동자를 보면 볼수록 무언가에 홀린 듯 빠져드는 것이다.

처음이다.

지금까지 자신이 누군가의 눈동자에 빠져든 경험을 한 것이 말이다.

상대방이 자신의 눈동자에 빠져서 허우적거릴 때 마음의 빈틈을 파고들어 승리하기만 했던 회장이었다.

그런데 난생처음 자신이 상대방의 눈동자에 빠져들게 되니 너무나 놀란 그는 황급히 재중의 눈을 피해 버렸다.

씨익~

재중은 그런 회장의 모습에 알 듯 말 듯한 미소를 지어 보였다.

"자네… 대단하군."

회장이 진심으로 재중을 향해 말하지 재중은 별것 아니

라는 듯 웃으면서 대답했다.

"제 진심을 아셨을 것으로 생각됩니다. 그리고 이번이 마지막입니다. 레시피를 팔라느니 거래를 하자느니 하는 식으로 오시는 것 말입니다."

"……."

재중의 말에 회장은 잠시 고민하는 듯하더니, 한 가지를 더 물었다.

"혹시 다른 곳에 팔 수도 있는 겐가?"

회장은 재중이 결코 팔지 않을 것이라는 느낌을 받았다. 하지만 사람 일이란 아무도 모르는 법이다.

어떻게 변할지 말이다.

만약에 커피의 맛으로는 최고로 알아주는 유럽에서 재중이 가지고 있는 퀸 오브 썬라이즈 레시피를 가져가는 날에는 자신의 커피는 영원히 프랜차이즈 커피의 베이스 커피용으로 쓰이는 하급에 머무르게 될 터였다.

그저 블렌딩용 커피나 생산하는 그저 그런 나라라는 이미지가 각인되어 버릴지도 모른다는 것이 회장의 가장 큰 걱정이었다.

퀸 오브 썬라이즈는 그 존재만으로도 브라질의 커피 이미지를 단숨에 끌어올릴 수 있는 히든카드였다.

가장 처음 퀸 오브 썬라이즈가 나타난 곳은 유럽이었다.

특히나 커피로는 세계 최고로 알아주는 곳이 바로 이탈리아이다.

그리고 그 이탈리아에서 퀸 오브 썬라이즈는 전설이 되었다.

이런 자세한 상황을 아직 확실히 알지 못하는 재중은 도대체 커피 하나에 이토록 열광하는지 도무지 이해가 되지 않았다.

현재 세계에서 커피를 생산, 판매하는 모든 브랜드 가치를 한순간에 뒤집을 수 있는 블렌딩 커피, 그것이 바로 전설의 퀸 오브 썬라이즈였다.

"그건 제 마음이죠."

회장의 말에 오히려 도발하듯 재중이 대답하자,

움찔!

회장의 뒤에 있던 덩치 커다란 흑인 네 명이 재중을 빠르게 둘러싼다.

"이게 브라질에서 하는 비즈니스입니까?"

키가 제법 큰 재중이지만 재중보다 머리 하나는 커 보이는 키에 근육으로 단련된 우람한 덩치들이다. 그들에게 둘러싸여 있는데도 오히려 재중은 회장을 똑바로 직시하면서 한마디 했다.

그러자 잠시 재중과 다시 눈이 마주친 회장은,

"물러나게."

재중을 둘러싼 경호원들을 뒤로 물렸다.

"미안하네. 본의 아니게."

말은 미안하다고 하고 있지만 회장의 눈동자는 이 순간에도 재중을 살피고 있었다.

재중은 그런 회장의 눈동자를 묵묵히 받아넘겼다.

기업을 일구면서 사람을 상대로 눈싸움한 회장과 대륙에서 100년 동안 드래고니안과 죽기 살기로 싸운 재중, 과연누가 강할까?

이미 회장은 이길 수 없는 상대에게 시비를 걸고 있는 것이나 마찬가지였다.

그나마 회장이 빠르게 재중의 눈동자에서 무언가를 느꼈는지 경호원들을 물렸기에 살아남은 것이다.

만약 경호원이 재중의 옷자락 하나라도 건드렸다면 바로흑기병이 움직였을 테니 말이다.

테라처럼 계획하고 분위기를 보거나 하는 것 없이 오로지 적이면 죽인다는 마인드를 가진 흑기병에게 용서란 없었다.

평소에 말을 하거나 대화를 할 때는 테라가 재중과 가장잘 맞을지 모른다.

하지만 한번 전투에 들어서면 흑기병과 재중은 찰떡궁합

일 만큼 성격이 비슷했다.

"한 번입니다."

재중은 손가락을 하나 세우고는 회장을 향해 나직이 말했다.

"제게 두 번의 용서는 없으니까요. 그럼……."

그리고는 일어서서 조용히 가버리는 재중이다.

재중의 뒷모습을 바라본 회장은 재중이 완전히 테라스에서 나가자 그제야 한숨을 내쉬었다.

"회장님, 괜찮으십니까?"

숀은 자신이 아는 회장의 모습이 아니기에 당황해서 물어볼 수밖에 없었다.

회장은 손을 들어 숀이 다가오는 것을 막았다.

"뭔가 있어, 저 청년."

회장은 지금도 자신의 본능이 외치는 소리에 귀를 기울이고 있었다.

회장은 이 본능, 아니 다른 말로 직감이라고 하는 자신의 감을 철저히 믿었다.

지금까지 회장이 브라질에서 그곳의 어둠을 지배하는 카르텔들에게 죽지 않고 아직까지 살아남아서 대 기업을 세운 것도 모두 이 자신의 직감이 가르친 대로 움직였기 때문이다.

특히나 위험한 상황일 때 회장의 직감은 거의 정밀 레이더 수준으로 정확성이 높았다.

그런데 그런 직감이 재중과 눈이 마주하는 순간 이렇게 외치고 있었다.

'적대하지 마라. 피해라. 절대로 적으로 삼지 마라.'

라고 말이다.

그런데 지금 회장이 이처럼 긴장한 데는 또 다른 이유가 있었다.

지금까지 이토록 자신의 직감이 강렬하게 신호를 보낸 적이 없었다는 것이다.

평생 처음이었다.

무조건 적으로 삼아서는 안 된다고 본능이, 직감이 소리친 것이 말이다.

사실 경호원들이 재중을 둘러싼 것도 모두 회장이 미리 지시해 놓은 것이다.

안 되면 힘으로라도 겁을 줘서 어느 정도 자신이 유리한 위치에서 거래를 하기 위해서 말이다.

작은 커피 회사에서 대기업으로 일으켜 세우기 위해서는 깨끗한 사업만 있는 것이 아니었다.

당연히 상대를 협박하는 것은 브라질에서는 흔하디흔한 비즈니스일 뿐이었다.

물론 겉으로 드러난 비즈니스는 아니지만 말이다.

그런데 경호원들이 재중을 둘러쌌을 때 회장은 다시 느낄 수가 있었다.

'절대로 적으로 삼지 마라. 피해라. 무조건 피해라' 하는 본능의 외침을 말이다.

너무나 강렬해서 회장 본인도 순간 머릿속이 어지러울 정도였다.

그 정도로 강렬한 본능의 외침이었다.

"시간을 두고 우선 접근해 봐야겠군."

하지만 본능이 아무리 경고를 보낸다고 해도 쉽게 포기할 수도 없는 것이 바로 퀸 오브 썬라이즈이기도 했다.

전설의 블렌딩 커피가 가지는 이름의 무게를 아는 사람에게는 그 가치가 무한대였으니 말이다.

그런데 그런 회장의 상념을 방해하는 것이 있었다.

"회장님."

밖에 있던 그렉이 갑자기 허겁지겁 뛰어 들어오는 것이 아닌가?

"……?"

회장은 굳이 상념을 깨기 싫어서 대답 대신 물끄러미 쳐다봤다.

"퀸 오브 썬라이즈에 대한 정보가 밖으로 새어 나가 버렸습니다.”

"뭣이라!!"

자리에서 벌떡 일어선 회장이 분노를 감추지 않은 표정으로 그렉을 노려봤다.

무섭도록 차가운 회장의 눈빛을 받으면서도 그렉의 설명이 이어졌다.

"그게… 본사에 있던 연구원 하나가 갑자기 사직서를 내더니 돌연 종적을 감춰 버렸습니다. 그런데 하루 뒤에 유럽에서 퀸 오브 썬라이즈가 나타났다는 소문이 돌기 시작했습니다.”

"감히! 감히 나를 배신해!!"

다른 것은 몰라도 커피 연구에 관해서는 지원을 아끼지 않던 회장이다.

그는 퀸 오브 썬라이즈에 대한 정보가 새어 나간 것보다 연구원이 자신을 배신했다는 것에 더더욱 분노를 느꼈다.

브라질에서 상위 10프로 안에 드는 연봉으로 대우해 주었건만 돈이 되는 정보 하나에 손바닥 뒤집듯 배신해 버렸으니 배신감은 이루 말할 수가 없었다.

당장이라도 사람을 풀어서 그 연구원을 찾아내고 싶은 마음이 굴뚝같았다.

하지만 그것보다 급한 것이 있기에 회장은 애써 분노를 가라앉혔다.

다시 천천히 자리에 앉으며 회장이 물었다.

"이곳에 대한 정보도 빠져나간 것은 아니겠지?"

이곳에 대한 정보는 정말 극비에 붙어서 아는 사람이 다섯 손가락 안에 들 만큼 적다.

하지만 연구원이 배신한 마당이다. 확신이 없어서 조심스럽게 물어보자 답이 돌아왔다.

"…아무래도 조만간에 알려질 것 같습니다. 이곳이 커피 공방도 아니고 카페를 하면서 퀸 오브 썬라이즈를 팔고 있는 이상, 처음 저희가 회장님께 퀸 오브 썬라이즈를 보낸 곳이 한국이라는 것을 사라진 연구원도 알고 있으니 유럽에서 이곳을 찾는 것은 시간문제입니다."

"빌어먹을!!"

커피로는 세계 최고라는 유럽이다.

거기다 자존심이 강한 그들이 최고 중의 최고라고 자신 있게 말한 커피가 바로 퀸 오브 썬라이즈가 아니던가?

만약 재중의 카페를 그들이 알게 된다면 덤벼들 것이 분명했다.

수단과 방법을 가리지 않고서 퀸 오브 썬라이즈의 블렌딩 레시피를 알아내기 위해서 무슨 짓이라도 할 것이다.

그만큼 매력적이다.

자신의 커피 브랜드 이미지를 뒤집을 수 있는 카드.

이것 하나만으로도 기업을 하는 사람이라면 군침을 흘릴 텐데, 거기다 전설의 블렌딩 커피가 가진 이름의 무게는 금액으로 판단할 수조차 없다.

"으음, 꼬여 버렸어. 그것도 단단히. 시작도 하지 못하고 꼬여 버리다니… 빌어먹을!"

상황을 어떻게 대처해야 할지 생각하던 회장은 결국 다시 재중을 부를 수밖에 없었다.

이젠 재중도 직접적으로 연관되어 버린 일이 되어버렸다.

"흠……."

회장에게 이야기를 들은 재중의 표정이 굳어졌다.

골치 아픈 검예가의 김인철이라는 녀석을 떼어버렸다고 생각했다.

그래서 더 이상 귀찮은 일이 생기지 않을 것이라고 안심하고 있었는데 엉뚱한 곳에서 일이 터져 버렸으니 말이다.

"확신하시는군요. 유럽의 기업들이 저를 어떻게 할 것이라는 것을."

회장의 말은 너무나 간단했다.

카페를 그만두고 숨으라는 말이다.

브라질에서 기업 순위 1위인 대기업이지만 그건 남미에서나 통하는 이야기였다.

실제로 세계 경제를 움직이는 것은 바로 북미의 미국과 유럽이었다.

그들이 가진 자본력은 아직 발전해야 되는 브라질과는 그 차이가 심했다.

무엇보다 유럽의 기업들은 역사와 전통을 앞세워서 뒤에서 온갖 더러운 짓도 서슴지 않는 것을 너무나 잘 아는 회장이다.

때문에 회장은 간단하게 설명하고는 재중을 설득하기 시작했다.

"당연하네. 그들은 자신에게 위협이 된다면 수단과 방법을 가리지 않으니까. 사람 하나 어떻게 하는 것은 그들에게 일도 아니네."

그렇게 말하면서 회장은 재중에게 차라리 브라질로 같이 가는 게 어떻겠냐고 슬쩍 말을 꺼내기 시작했다.

"한국 정부를 믿을 수 있다면 나도 이렇게까지 하지 않겠지만, 솔직히 나에게도 자네의 존재가 중요하다는 것을 알아주었으면 하네. 그러니 나와 함께 브라질로 가는 것이 어떻겠는가?"

위기를 기회로 만드는 것이 바로 유능한 사업가일 것이다.

회장은 갑자기 변해 버린 다급한 상황에도 그 짧은 순간 재중을 브라질로 데려갈 생각까지 하고 있었다.

재중은 잠시 생각하는 듯하더니, 고민하는 표정으로 대답했다.

"잠시만 생각 좀 해봐야겠군요."

재중 혼자라면 유럽의 기업이든 군대든 솔직히 무시하고 이대로 지내도 상관없었다.

하지만 연아가 있는 이상 재중에게는 무시할 수 없는 약점이 생겨 버린 것이다.

연아가 무슨 인형도 아니고 카페에 평생 잡아둘 수도 없었다.

좋은 남자 만나서 알콩달콩 살아가는 모습을 보는 것이 재중의 마지막 바람이다.

그런데 느닷없이 테라가 만든 커피가 발목을 잡아버린 것이다.

이건 그냥 무턱대고 무시할 수 있는 수준을 넘어선 상태다.

브라질의 기업 하나 정도는 크게 문제될 것이 없기에 재중도 무시했다.

하지만 유럽의 다른 기업들까지 움직인다면 상황이 달라져 버릴 수밖에 없었다.

재중과 테라, 그리고 흑기병이 아무리 강하다고 해도 결국 한계는 있다.

다구리에 장사 없다는 말이 있듯 한 손으로 열 손을 막기는 힘든 법이다.

무엇보다 자신과 연아에게 행동에 제약이 생긴다는 것 자체가 은근히 짜증나기도 했다.

재중도 이번만큼은 테라와 의논을 해봐야겠다는 생각에 자리를 벗어나 테라를 불러 잠시 밖으로 나왔다.

―마스터, 따로 생각한 게 있으세요?

카페 안에서 한 이야기를 듣지 못할 테라가 아니었으니 나오자마자 재중의 생각을 물어본다.

"귀찮다고 무시하기에는 변수가 많단 말이야."

재중이 걱정하는 것은 바로 유럽의 다른 기업들까지 나서면서 생길 수 있는 예상치 못한 변수였다.

대륙에서 재중은 언제나 불리한 싸움을 했기에 어쩔 수 없이 생긴 버릇이 있었다.

바로 상황을 판단하고 최대한 변수가 없거나 적은 쪽으로 계획이나 결정을 내려 움직이는 것이다.

이번 일은 연아에게 피해가 갈 수도 있었다.

자신이야 삶 자체가 투쟁이고 전쟁이었으니 그런 삶에 익숙했기에 문제될 것이 없었다.

적이라면 죽이고 막으면 부숴 버리면 되니 말이다.

하지만 연아는 겨우 브로커에게 휘둘리던 성격이다.

연아가 기업들의 공격에 버틴다는 것은 아무래도 무리가 있었다.

자신이 아닌 연아를 중심에 놓고 생각하자 재중으로서는 뭔가 기발한 방법이 있어야겠다고 생각할 수밖에 없었다.

"브라질 쪽에 그냥 팔아버릴까?"

재중은 이번 일의 시작이자 중심인 테라가 만든 퀸 오브 썬라이즈의 블렌딩 레시피를 팔아버릴 생각까지 하는 중이다.

레시피를 판다고 해서 재중이 지금까지 팔던 커피를 팔지 못하는 것도 아니고, 레시피를 알려준다고 해도 사실상 테라가 대륙에서 가져온 대륙의 커피 원두가 없는 이상 만들 수도 없는 정말 환상의 커피이니 말이다.

다른 것은 몰라도 여동생이 조금이라도 관련된다고 판단되면 신중하면서도 심각해지는 재중이다.

그 모습을 가만히 지켜보던 테라가 입가에 미소를 짓더

니, 생각한 것이 있는 듯 입을 열었다.

―마스터, 이런 방법은 어떠세요?

"웅? 뭐 좋은 생각이라도 있어?"

저번에 김인철을 상대로 검예가를 방패로 하자는 아이디어를 낸 것도 바로 테라였다.

그렇기에 혹시나 하고 기대를 가진 재중이 쳐다보자 테라가 말을 이었다.

―우선 마스터의 생각대로 제가 만든 블렌딩 커피, 퀸 오브 썬라이즈라고 불리는 것을 저희가 계속 가지고 있기에는 확실히 위험부담이 생길 수밖에 없어요. 팔아야만 해요.

"그건 그렇지."

재중은 테라도 자신과 기본적인 의견이 같다는 것에 고개를 끄덕였다.

테라에게도 연아는 중요한 가족이나 마찬가지다.

기본적으로 생각의 중심이 같으니 결론도 비슷한 것 같았다.

―하지만 브라질에서 온 저들이 과연 믿을 만한 사람일까요?

"그건 아니지. 그러니까 나도 지금 고민하는 중이야. 팔아버리긴 해야겠는데… 차라리 확 유럽에다가 레시피를 공짜로 풀어버릴까 하는 생각도 했지만 그건 왠지 억울해서 싫단 말이야."

─후후훗, 마스터, 블렌딩 레시피를 팔긴 팔되 그걸 천산 그룹에 파는 거예요.

"응? 천산그룹에… 판다고?"

재중은 테라의 말을 듣고는 솔깃했다.

전혀 믿지 못하는 브라질 기업에 파느니 천산그룹에 파는 것도 그리 나쁘진 않을 것 같았다.

이미 천 회장이 자신에 대해서 굳게 입을 다물고 있는 것만 봐도 최소한 돈에 휘둘리는 가벼운 사람은 아니라는 것을 알고 있으니 말이다.

─천산그룹에 퀸 오브 썬라이즈의 블렌딩 레시피를 팔아서 천산그룹에서 저기 브라질 기업과 거래하도록 하는 거예요. 그럼 저희는 천산그룹과 브라질 기업이라는 두 개의 방패가 생기는 셈이죠. 어때요?

테라의 말을 들은 재중은 자연스럽게 고개를 끄덕였다.

하지만 레시피를 판다고 해서 끝나는 문제가 아니다.

가장 중요한 것은 바로 테라가 대륙에서 가져온 커피 원두를 과연 이곳 지구에서 재배가 가능하냐는 것이다.

─대륙에서 가져온 커피 원두 씨앗을 천산그룹에 같이 팔 거예요. 다만, 후후훗, 대륙에서 자라던 커피 원두를 이

곳 지구에서 무사히 키우는 데 성공하느냐, 아니면 실패하느냐는 모두 그쪽 몫이지만요.

대륙에서 가져온 커피 원두는 지구에서 흔히 보는 커피 원두와 크게 다를 것이 없었다.

하지만 가장 중요하면서도 결정적으로 다른 것이 바로 커피 원두가 자라는 환경이었다.

대륙은 지구에 비해 마나가 수십 배는 많은 곳이다.

당연히 그곳에서 자란 커피 원두는 많은 마나를 먹고 자랄 수밖에 없고, 그렇게 자라오면서 마나가 없으면 금방 죽어버리는 특성을 가지게 된 것이다.

테라가 굳이 지하에 마나를 모으는 마법진까지 그려서 키우는 이유도 바로 대륙에서 가져온 커피 원두가 마나가 없으면 말라 죽어버리는 특성을 가졌기 때문이다.

햇빛은 크게 영향을 주지 못하지만 마나가 필요한 양보다 적으면 커피나무는 바로 몇 시간 안에 말라 죽어버렸다.

"영원히 성공 못할 수도 있겠군."

재중도 테라가 가져온 대륙산 커피 원두의 특성을 들어서 알고 있었다.

―호호호홋, 저희가 굳이 저들을 위해서 무언가를 주어야 할 이유는 없으니까요. 호호호홋.

어쩔 수 없이 주긴 하겠지만 쉽게 줄 생각은 없었다.

테라와 이야기가 끝나자 재중은 곧바로 다시 들어와서 테라와 했던 대로 이야기를 꺼냈다.

천산그룹에 블렌딩 레시피를 넘긴다고 하자 회장은 자리에서 벌떡 일어설 뻔했다.

"그러니까… 퀸 오브 썬라이즈의 블렌딩 레시피를… 천산그룹에 팔겠다는 말인가?"

회장은 고민하는 표정으로 밖으로 나간 재중의 모습에 거의 자신에게 넘어올 것이 확실하다고 자신하고 있었다.

자신이라면 브라질 정부를 압박해서 얼마든지 보호해 줄 수 있으니 말이다.

원한다면 브라질 국민으로 만들어줄 수도 있었다.

자신에게는 그만큼의 힘이 있다.

그런데 다시 돌아온 재중에게서 전혀 예상치도 못한 말이 튀어나온 것이다.

회장도 심하게 당황한 표정을 숨기지 못했다.

"네. 마침 제가 천산그룹의 천 회장님과 아는 사이라서 그쪽에 넘길 생각입니다."

"…천산그룹이 자네를 지켜줄 수 있다고 생각하는 겐가?"

회장은 재중이 브라질이라는 타국보다 그래도 같은 한국 땅에 있는 천산그룹을 택했다는 것에 대해 어느 정도 이해는 했다.

하지만 그게 중요한 게 아니다.

재중이 천산그룹의 천 회장과 아는 사이라는 말에 회장의 눈빛이 가늘어졌다.

"정말 자네가 천산그룹의 천 회장과 아는 사이라는 겐가?"

회장은 노골적으로 재중의 말을 믿지 못하겠다는 표정을 지어 보이면서 물었다.

"제가 왜 당신들에게 믿음을 줘야 하는 거죠? 전 그쪽과 거래할 생각이 없다고 분명히 말했는데 말입니다."

나직하지만 귀에 꽂히듯 분명하게 하는 재중의 말에 회장은 저도 모르게 표정을 구겨 버렸다.

회장이야 기분이 나쁘긴 하지만 재중의 말이 맞는 말이었으니 말이다.

분명히 재중은 자신들과 거래를 하지 않는다고 말했고, 자신들이 억지로 다시 찾아온 셈이다.

그리고 레시피를 천산그룹에 팔든 어디에 팔든 자신들이 간섭할 이유는 없었다.

그런 재중이 왜 천산그룹의 회장과 아는 사이라는 것을 믿도록 해야 하겠는가?

재중은 자신들이 믿든 믿지 않든 어차피 상관없었고, 그걸 직접적으로 말했을 뿐이다.

"그럼 우리가 천산그룹을 통해 퀸 오브 썬라이즈의 블렌딩 레시피를 알게 된다면 자네는 어떻게 하겠는가?"

씨익~

테라가 예상한 대로 회장은 재중을 설득하기보다 천산그룹을 통할 생각이다.

그리고 이미 회장의 그런 반응은 예상했다.

"제 손을 떠난 것에 미련을 가지는 바보는 아닙니다, 저는."

"…알겠네."

회장은 재중의 미소를 보면서 뭔가 이상하다는 느낌을 받았다가 재중의 대답을 듣고는 그제야 깨달았다.

재중이 왜 천산그룹에 퀸 오브 썬라이즈의 블렌딩 레시피를 넘기려고 하는지 말이다.

그리고 그걸 깨닫자 오히려 재중을 보는 회장의 눈빛이 바뀌기 시작했다.

"자네는… 정말 카페만 하기에는 아까운 사람이군."

회장은 인정했다.

재중이 결코 자신의 아래가 아니라는 것을 말이다.

재중이 천산그룹과 자신까지 이용하려고 한다는 것을 눈치만으로 파악한 것이다.

브라질의 대기업 CEO가 아니라 사람 대 사람으로서 순수하게 재중을 인정했다.

하지만 그런 회장의 눈빛에도 재중은 변함없는 표정으로 웃으면서 말했다.

"평범하게 살려고 하는 평범한 사람일 뿐이죠."

"허허허허헛헛헛, 평범하게라……. 어려운 말이군."

재중과 겨우 몇 마디 말을 나눴을 뿐이지만 회장은 처음 왔을 때와 달리 입가에 미소를 지으면서 일어섰다.

"한국까지 날아온 보람이 있군."

아무리 돈이 지배하는, 경제력이 최고인 세상이지만 그 돈을 움직이는 것은 결국 사람이다.

그리고 회장은 돈보다 사람이 재산이라는 것을 누구보다 잘 알고 있는 사람이었다.

때문에 회장은 오늘 재중을 알았다는 것이 매운 만족스러웠다.

평생 동안 사람을 상대로 비즈니스를 해온 자신을 오히려 역으로 이용했다는 것이 괘씸하기도 했지만, 한편으로는 자신을 이용할 수 있는 젊은이가 있다는 것이 기쁘기도 했다.

"회장님, 어디로 모실까요?"

회장이 움직이자 손이 급하게 따라나서면서 물었다.

"호텔로 가자. 그리고 태평그룹과의 약속은 취소하고, 대신 천산그룹과의 미팅을 가능한 한 빨리 잡도록."

"넷, 회장님."

퀸 오브 썬라이즈가 최대 목표인 이상 태평그룹은 굳이 만날 이유가 없었다.

쓸데없는 시간을 허비하는 것을 싫어하는 회장은 곧바로 미팅 계획을 바꿔 버렸다.

천산그룹에 집중해도 시간이 모자랄 테니 말이다.

그 시각 재중은 골목으로 사라지는 회장을 뒤로하고 테라를 보고 있었다. 테라가 재중의 휴대폰을 들고 서 있다.

—마스터, 천 회장으로부터 전화왔어요.

"양반은 못 되겠군."

마치 기다렸다는 듯 온 전화를 넘겨받은 재중이 단도직입적으로 말을 꺼냈다.

"천 회장님, 직접 만났으면 합니다."

—오~ 자네가 웬일로?

천 회장은 평소처럼 재중에게 전화를 걸어 수다나 떨면서 한 번쯤 오라고 말하려던 참이었다.

그런데 재중이 먼저 온다고 하자 놀람을 감추지 못했다.

"자세한 건 제가 가서 이야기 드리겠습니다."

그리고는 전화를 끊어버렸다.

"에잉, 아무튼… 어른 공경을 몰라, 이 녀석은."

천 회장은 자기 할 말만 하고 끊어버리는 재중의 모습에 투덜거렸지만 기분이 나쁘다거나 하지는 않았다.

이미 재중과 수차례 통화하면서 원래 재중의 성격이 저렇다는 것을 알게 되었으니 말이다.

물론 처음에는 천 회장도 기분이 좋지는 않았다.

그래도 국내 1위인 천산그룹의 회장인 자신인데 마치 동네 안면 있는 늙은이 대하듯 하는 재중의 모습에 화가 안 난다면 그게 이상할 일이다.

하지만 짧긴 했지만 수차례 통화하다 보니 천 회장도 기업을 운영하면서 일으켜 세운 사람이기에 눈치챌 수가 있었다.

재중의 성격이 본래 그렇다는 것을 말이다.

함부로 말하지 않고 대신 한번 입 밖으로 나온 것은 무조건 지키는 성격이라는 것을 알게 되자 오히려 재중과의 대화가 재미있게 느껴지기 시작했다.

점차 재중의 이런 대접도 나름 신선하게 다가왔다.

마치 예쁜 여자에게 관심 없는 척하면 오히려 여자가 궁금해서 호기심을 나타내는 것 같다고나 할까?

물론 재중은 정말 천 회장에게 관심이 없었지만 말이다.

천 회장이 가진 돈, 지위에는 애당초 관심조차 없었다.

돈, 지위, 권력, 그게 얼마나 허무한 것인지 재중은 너무나 잘 알고 있었다.

아니, 애초에 재중에게 그딴 것은 위협은커녕 길가에 돌멩이보다 신경이 쓰이지 않는 것들이었다.

거슬리면 테라를 시켜 기억을 지우든지 아니면 위협이 된다고 판단이 서면 세상에서 지워 버리면 그것으로 끝이다.

단지 필요에 의해서 만난 사람일 뿐이었으니 말이다.

Chapter 06
커피 블렌딩

재중귀환록

"마중 나왔어요."

카페를 마친 재중이 천 회장을 만나기 위해 골목을 벗어나자 천서영이 재중을 기다리고 있었다.

재중 옆에 연아까지 같이 있는 모습에 천서영이 슬쩍 재중을 쳐다보았지만 어차피 재중의 가족이었으니 별문제 없을 것 같아 모른 척했다.

사람을 만날 때 어떻게 행동해야 되는지는 천 회장의 손녀답게 잘 알고 있는 천서영이었다.

"높네요."

천산그룹의 본사를 처음 본 연아는 건물 전체가 마치 유리로 만들어진 것 같은 착각을 불러일으키는 모습에 놀랐지다.

하지만 재중은 그냥 한 번 보고는 그게 끝이었다.

그러나 재중이 특이한 것이지 보통의 사람들은 서울에 오면 천산그룹의 본사를 한 번씩 꼭 보고 가는 것이 일상일 정도로 유명한 건물이다.

이례적으로 기업의 본사 건물이 관광 코스가 된 것이다.

그 현상이 이상하다 할 수도 있지만, 막상 건물을 보면 왜 관광 코스에 포함되었는지 충분히 이해가 될 만큼 아름다웠다.

마치 통유리로 건물을 세운 것처럼, 가까이서 보지 않으면 건물 전체에 유리를 이은 이음새조차 보이지 않을 만큼 잘 만들어진 건물이었다.

거기다 마치 미술 박물관 같은 독특한 모양 때문에 처음 만들어졌을 때부터 뉴스에 나올 만큼 유명세를 떨치기도 했다.

더하여 천산그룹의 본사 건물 주변은 의도적으로 커다란 공원 식으로 깔끔하게 정리되어 있었다. 때문에 인근 주민들이 주말마다 와서 쉬거나 연인들이 데이트하러 오는 곳이기도 했다.

사람과 사람을 이어주는 기업을 만들겠다는 천 회장의 기본 생각이 고스란히 담겨 있는 것이 바로 지금 연아가 보고 놀라고 있는 천산그룹의 본사였다.

천서영은 재중이 조금은 놀랄 것으로 생각하고는 내심 기대했는데 전혀 표정에 변화조차 없자 실망했다.

물론 연아가 옆에서 재중의 몫까지 모두 놀라서 잠시 구경하느라 멈춰 서야 했지만 말이다.

'훗.'

재중은 자신을 힐끔 쳐다보면서 괜히 심통 난 표정을 짓는 천서영의 모습에 속으로 웃어버렸다.

확실히 천산그룹의 본사 건물은 잘 지어진 건물이었다.

마치 커다란 산 크기의 통유리를 깎아서 만든 듯한 모습이었으니 말이다.

하지만 재중은 이미 대륙에서 화려한 면에서는 둘째가라면 서러워할 만큼 엄청난 건물들을 수도 없이 봐왔기에 그저 특이한 건물이구나 하는 정도이다.

보석으로 치장된 왕궁과 커다란 성으로 만들어진 크기와 무게감이 느껴지는 건물을 지겹도록 봐온 재중이다.

그런 그에게 천산그룹 본사 건물은 외관은 멋지게 보일 수도 있지만 가볍게 느껴질 수밖에 없었다.

"아가씨 오셨습니까."

천서영과 본사 건물 안으로 들어가자 두 명의 경비 직원과 다섯 사람이 빠르게 앞을 막는 듯 다가왔다가 천서영의 모습을 보고는 바로 고개를 숙이고 뒤로 물러섰다.

하지만 그들은 그러면서도 재중과 연아에게서 눈빛을 거두지는 않고 있었다.

"회장님 손님이세요. 저희 곧 올라가니까 미리 연락드려 주세요."

"네, 아가씨."

천서영의 한마디에 즉각 뭉쳐 있던 사람들이 일제히 흩어지더니 사라져 버렸다.

일행은 천 회장이 머물고 있는 회장실로 바로 올라가는 엘리베이터에 올라탔다.

그런데 엘리베이터에 올라타자,

"휴우……."

연아가 참고 있었는지 깊게 숨을 몰아쉰다.

"연아 씨, 긴장했어요?"

천서영이 연아의 모습에 물어보자 대답 대신 고개를 끄덕인다.

연아는 재중을 보면서 물었다.

"그런데 오빠는 긴장이 안 돼? 천산그룹 회장님을 만나는데 말이야."

일반적인 서민의 삶을 살아온 연아에게 천 회장이라는 이름이 주는 무게는 당연히 상당할 수밖에 없었다.

거기다 알래스카에서 마켓을 운영하면서 천산그룹에서 만든 제품을 팔아본 경험까지 있으니 긴장감은 이미 본사 건물에 들어설 때부터 시작되었다.

"어차피 사람과 사람이 만나는 건데 무슨……."

놀랍다는 표정의 연아의 모습에 재중은 그냥 웃으면서 연아의 머리를 살짝 쓰다듬어 주었다.

물론 그렇게 쓰다듬어 주면서 연아 몰래 나노 오리하르콘을 연아의 몸속에 넣었다.

마나를 사용해 마음에 안정감을 주자 눈에 띄게 흔들리던 연아의 눈동자가 안정되기 시작했다.

"헤헤헤."

연아는 재중이 쓰다듬었을 뿐인데 두근거리던 가슴이 진정되는 것에 놀랐다. 그러면서도 한편으로는 재중의 손길에 편안함을 느꼈다.

반면 그런 재중과 연아의 모습을 바라보는 천서영은 보기 좋다 생각하면서도 만약 연아가 있는 저 자리에 자신이 있었으면 어떨까 하는 생각이 들어 황급히 고개를 흔들었다.

띠링~

회장실 전용 엘리베이터이기에 멈추는 것 없이 곧바로 올라왔다.

회장실에서 재중을 맞이한 것은 천 회장과 몇 시간 전까지 카페에서 재중을 설득하던 브라질 커피 기업의 회장이다.

"또 보다니 아무래도 우린 인연이 있는 것 같지 않나?"

넉살좋게 뻔히 보이는 말을 하는 회장의 모습에 재중은 슬쩍 눈길을 줄 뿐이다.

재중이 천 회장의 안내에 따라 자리에 앉자 기다렸다는 듯 다른 사람들도 모두 앉았다.

"빨리 오셨군요, 시우바그룹의 사지에르 지 올리비아 시우바 회장님."

시우바 회장은 재중에게 자신에 대해서는 일절 아무런 정보도 주지 않았었다. 그런데 재중이 자신의 풀 네임을 정확하게 알고 있으니 조금 놀란 표정이다.

커피를 시작으로 일어난 시우바는 곧바로 석유에 투자, 크게 성공을 거뒀다.

그는 지금의 시우바그룹을 일군 사람이다.

한국의 천산그룹이 휘청거리면 국내 경계가 흔들린다는 말이 있다.

비슷하게 브라질은 시우바그룹이 흔들리면 브라질의 경

제가 무너진다는 말까지 들릴 만큼 엄청난 영향력을 가지고 있는 사람이다.

시우바 회장의 보유 재산은 이미 천산그룹의 천 회장을 한참이나 넘어서 있었다.

다만 브라질에서는 자신을 아는 사람이 많을지 모르지만 이곳은 지구 반대편인 한국이다.

불과 몇 시간 전에 만난 사람을 정확하게 파악하고 있다는 것에 시우바 회장의 눈빛이 바뀌었다.

한편 포르투갈어로 대화하는 시우바 회장과 재중의 모습에 대화 내용은 모르지만 눈치만으로 이미 둘이 서로 알고 있다는 것을 느낀 천 회장이었다.

그는 어떻게 재중이 시우바 회장을 알고 있는지 궁금해지기 시작했다.

"우선 단도직입적으로 말씀드리겠습니다. 제 카페에서 팔고 있는 블렌딩 커피 퀸 오브 썬라이즈의 레시피를 천산그룹에 넘겨 드리겠습니다. 단 거래 대가는 천산그룹과 함께 천산그룹을 통해 퀸 오브 썬라이즈를 판매해 얻은 수익에 1%를 받는 겁니다."

"……."

시우바 회장은 재중의 말을 옆의 통역사를 통해 듣고 생각에 잠긴 듯 재중을 쳐다보고 있다.

반면 천 회장은 재중의 말에 지금 무슨 말을 하는지 고개를 갸웃거릴 수밖에 없었다.

퀸 오브 썬라이즈라니?

느닷없이 재중의 입에서 나온 이름에 잠시 생각하는 듯하다가,

벌떡!

갑자기 자리에서 일어서서 재중을 놀란 눈으로 쳐다본다.

"사, 사실인가? 정말 자네 카페에서 팔고 있는 블렌딩 커피가⋯ 퀸 오브 썬라이즈란 말인가?"

천 회장도 커피를 즐기는 편이었다.

물론 시우바 회장처럼 병적일 만큼 좋아서 찾아다니는 정도는 아니지만, 세계 여러 기업인과 거래하면서 가끔이지만 들은 이름이 바로 퀸 오브 썬라이즈였다.

전설의 블렌딩 커피, 죽기 전에 꼭 먹어봐야 할 커피라는 말을 자주 듣다 보니 천 회장도 알아본 적이 있었다.

하지만 커피를 그냥 즐기는 수준인 천 회장은 곧 기억 저편에 묻어버렸다.

그런데 그 퀸 오브 썬라이즈의 블렌딩 레시피를 재중이 판다고 하자 놀랄 수밖에 없었다.

천 회장도 재중이 하는 카페에 가서 커피를 마셔본 적이

있다.

그냥 특이하고 독특한 맛이려니 하고 말았던 기억이 있기에 더욱 놀라고 있다.

천 회장이 놀라거나 말거나 재중은 연아가 가져온 가방에서 카페에서 쓰는 것보다 손때가 많이 묻어 있는 기구들을 꺼내놓기 시작했다.

커피 원두를 가는 기계인 커피 그라인더부터 간 커피를 내리는 드립퍼까지 꺼내놓자 제법 넓은 천 회장의 접대용 탁자가 오히려 비좁아 보인다.

"진정한 퀸 오브 썬라이즈를 한번 맛보시고 생각해 보세요."

그 말과 함께 가장 테라가 준비한 대륙에서 가져온 원두가 가장 많이 섞여 있는 블렌딩 커피 원두를 꺼내 커피 그라인더에 넣고는 손잡이를 돌렸다.

드르럭드르럭.

원두가 갈리는 소리가 들린 지 얼마나 되었을까?

곱게 갈린 커피 가루를 드립퍼에 넣고 연아가 미리 가져온 뜨거운 물을 붓자,

"이 향기는……!"

역시나 커피를 병적으로 좋아하는 시우바 회장이 가장 먼저 향을 맡고 눈이 찢어질 만큼 부릅뜨면서 반응을 보

였다.

천 회장도 그윽하면서도 달콤하며 동시에 무언가 바람이 가슴을 적시는 듯한 커피 향에 자신도 모르게 눈을 감고 향에 빠져든다.

그런데 그렇게 시우바 회장과 천 회장이 마실 두 잔의 커피를 뽑은 재중이 바로 주지 않고 그냥 가만히 있는 것이 아닌가?

천 회장은 처음에는 뭔가 남아 있나 생각했지만 30초가 지나도록 그저 가만히 기다리고만 있는 재중의 모습이 너무나 이상해서 물었다.

"끝난 것 같은데 왜 커피를 주지 않는 겐가?"

너무나 유혹이 강한 향에 천 회장은 자신도 모르게 저 커피를 마시고 싶다는 생각이 간절해졌다.

회장의 질문에 재중은 고개를 흔들면서 대답했다.

"아직 커피가 식지 않았습니다."

"식어? 그게 무슨 말인가? 커피는 뜨겁게 마셔야 하는 게 아닌가?"

굳이 잘 만든 커피를 식을 때까지 기다린다는 재중의 말에 천 회장은 뭔가 이해가 가지 않았다.

그러자 시우바 회장이 조용히 입가에 미소를 지으면서 입을 열었다.

"자네 정말 퀸 오브 썬라이즈를 잘 알고 있는 사람이군."

천 회장은 모르겠지만 시우바 회장은 지금 재중이 기다리는 것이 무엇 때문인지 너무나 잘 알고 있었다.

퀸 오브 썬라이즈를 마셔본 경험자로서 말이다.

한국 사람들은 커피를 너무 뜨겁게 해서 마시는 편이다.

사실 뜨거우면 뜨거울수록 인간의 혀는 감각이 무뎌지게 마련이다.

간단하게 찌개나 국을 끓일 때도 간을 하려면 불을 끄고 하라는 말이 있지 않는가?

그만큼 뜨거운 온도에 혀는 민감하게 반응해서 지쳐 버려 맛을 느끼는 것이 둔해진다.

그렇기에 시우바 회장이나 다른 곳은 커피를 살짝 미지근하거나 약간 뜨거운 것을 마시는 게 일반적이다.

그 온도가 가장 향과 맛을 잘 느낄 수 있기 때문이다.

하지만 퀸 오브 썬라이즈는 특이하게 커피 중에서도 가장 낮은 온도에서 마셔야 진정한 맛을 느낄 수 있는 블렌딩 커피였다.

일반적으로 한국 사람들이 많이 식었다고 느낄 만큼 낮은 온도가 퀸 오브 썬라이즈의 맛을 극대화하는 온도였다.

"이제 드세요."

시간이 어느 정도 되었다고 판단한 재중이 두 잔의 퀸 오

브 썬라이즈를 내밀자 천 회장과 시우바 회장은 동시에 커피 향을 맡아보더니,

추루루룹~

한 모금 마시는 순간 두 사람 다 약속이라도 한 듯 눈을 감고 한참 동안 눈을 뜰 줄을 몰랐다.

"굉장한 커피군. 이건 정말… 정말… 퀸이라는 이름이 어울리는 커피야."

천 회장은 시우바 회장과 달리 진정한 퀸 오브 썬라이즈를 제대로 마셔본 적이 없다.

하지만 재중이 만들어준 커피를 마시는 순간, 뇌가 정지하는 느낌을 받은 것이다.

입안에 퍼지는 그윽하면서도 마치 입속에 바람이 부는 것 같은 상쾌한 끝 맛과 함께 말로는 설명할 수 없는 독특한 맛이 긴 여운을 남겼다. 천 회장은 마셔보고서야 왜 그때 유럽의 기업인들이 죽기 전에 꼭 마셔봐야 할 커피로 퀸 오브 썬라이즈를 뽑았는지 머리가 아닌 마음으로 이해할 수 있게 되었다.

반면 시우바 회장은 커피를 다 마시는 동안 한마디도 하지 않다가 깨끗하게 커피잔을 비우고 나서 살며시 눈을 뜨더니,

"자네 카페에서 팔던 퀸 오브 썬라이즈는 1/5로 희석한

것이었군. 후후후후훗."

재중의 카페에서 마신 것도 퀸 오브 썬라이즈로 생각하기에는 전혀 문제가 없었는데 지금 마신 것은 그 차원이 달랐다.

오죽하면 시우바 회장은 자신도 모르게 눈물을 흘리려던 것을 겨우 참았을까?

죽기 전에 먹어보지 못할 것에 한숨을 내쉬던 과거는 거짓말처럼 머릿속에서 지워 버리기에 충분한 맛이었던 것이다.

"진짜는 너무 맛이 강해 다른 커피 맛을 느끼지 못할 테니까요."

재중은 이미 테라에게 들은 것이 있기에 나직하게 대답했다.

시우바 회장도 재중의 말에 동의하듯 고개를 끄덕였다.

반칙이었다.

아니, 이건 사기였다.

이런 커피를 마시고 어떻게 다른 커피를 마신단 말인가?

시우바 회장에게는 도저히 있을 수 없는 일이었다.

다른 커피가 그냥 커피라면 방금 시우바 회장이 마신 커피는 전설의 커피였다.

비교하는 것 자체가 퀸 오브 썬라이즈를 모욕하는 것이

나 마찬가지인 것이다.

"원한다면 커피 농장을 사서라도 무조건 판매하겠네!"

천 회장도 처음 느껴본 퀸 오브 썬라이즈의 여운에 깨어나자마자 앞뒤 볼 것도 없이 무조건 승낙했다.

그리고 그 모습에 재중은 슬쩍 입가에 미소를 띠고 있다.

모든 것이 테라의 계획대로 움직이고 있었으니 말이다.

굳이 재중이 대륙산 원두의 비율이 높은 커피를 천 회장과 시우바 회장에게 맛보게 한 것은 바로 거래의 주도권을 자신이 가지기 위해서였다.

사실상 아무리 천 회장이 재중에게 호감이 있다고 해도 그건 개인적인 일이다.

애초에 재중이 그런 관계를 원했으니 그렇게 했지만, 사업을 하는 것은 이야기가 완전 다를 수밖에 없었다.

어떠한 상황에도 돈이 되지 않는다고 판단하면 거절할 수 있는 사람, 그게 바로 기업인인 것이다.

거기다 재중이 레시피를 판매하려는 상황이다.

누가 봐도 칼자루를 쥐고 있는 것은 천산그룹의 천 회장이다.

그래서 테라는 카페에서 파는 것보다 더욱 진한 향과 맛을 느낄 수 있는 블렌딩 원두를 재중을 통해 보내서 말로써 거래하기보다 맛으로 휘어잡아 버릴 생각을 했고, 그게 정확하게 맞아떨어진 것이다.

맛으로 천 회장과 시우바 회장을 휘어잡는 순간, 그들이 잡고 있던 칼자루는 재중의 손에 쥐어진 것이나 같았으니 말이다.

처음에 재중이 말한 판매 수익의 1%를 달라는 말에 딱히 반응을 보이지 않던 천 회장이 무조건 하겠다고 하는 것부터 이미 재중의 손에 넘어간 것이나 마찬가지였다.

아무리 커피를 습관처럼 마신다고 하지만 현재 국내 커피 프랜차이즈가 넘쳐나면서도 장사가 되는 것은 그만큼 커피를 마시는 사람들이 많고 지금도 늘어나고 있다는 증거였다.

그리고 그 말은 커피의 맛을 알아가는 마니아도 늘어나고 있다는 것이다.

재중의 퀸 오브 썬라이즈는 무조건 돈이 될 수밖에 없었다.

하지만 계약서에 사인을 하라는 천 회장의 말에 재중은 손에 쥔 만년필을 연아에게 넘겨주었다.

"오빠, 이걸 왜 나에게 줘?"

얼떨결에 재중이 넘겨주니 만년필을 받긴 했지만 영문을 모르는 연아는 멀뚱한 눈으로 재중을 쳐다보기만 했다.

"네 이름 적고 사인하면 돼."

"응? 무슨 말이야?"

"여기서 받을 1%의 주인이 너니까."

탁!

"…오빠, 말도 안 돼!"

연아는 갑작스런 재중의 말에 놀라서 만년필을 떨어뜨렸다.

천산그룹에서 나선다면 국내 커피 프랜차이즈의 판도가 바뀌는 것은 사실상 정해진 순서나 마찬가지였다.

그리고 그렇게 벌어들이는 수익은 연아가 생각하는 것보다 몇 배나 많을 것이다.

거기다 천 회장 옆에 있는 브라질에서 온 시우바 회장도 이미 천 회장과 계약하는 것으로 약속을 한 상태였다.

말이 1%지 실제로 연아는 앉아서 최소 수억 원에서 수백억 원까지 버는 입장이나 마찬가지였다.

"아니야. 이건 아니야."

연아도 지금 재중이 자신에게 넘겨주는 권리가 얼마나 엄청난 것인지 잘 알기에 만년필을 주웠다가 다시 내려놓고는 고개를 흔들었다.

"오빠, 이건 아니야. 오빠 걸 내가 받는 건 내가 싫어."

누가 봐도 재중의 권리이기에 연아가 끝까지 싫다고 하자 재중은 난감한 표정을 지으면서 계속 설득했다.

역시나 재중과 남매답게 고집 하나는 강해서 20분 동안 계약서에 사인을 하지 못하는 상황이 되어버렸다.

"흠흠, 이렇게 하는 건 어떤가?"

결국 천 회장이 재중과 연아의 모습을 가만히 보고 있다가 이대로는 끝이 날 것 같지 않기에 슬쩍 끼어들었다.

"우선 계약서에 사인은 재중 군이 하는 거네. 하지만 받은 돈을 재중 군이 어떻게 쓰든 그건 재중 군 마음 아니겠나?"

"맞아요. 우선은 오빠가 사인하는 게 맞아요."

연아가 우선 사인을 하지 않아도 된다는 것에 천 회장의 말에 선뜻 찬성하고 나서자 어쩔 수 없이 재중이 사인할 수밖에 없었다.

이때는 재중도, 천 회장도, 시우바 회장도 몰랐다.

재중의 퀸 오브 썬라이즈가 얼마나 큰 폭풍을 몰고 올지를 말이다.

"당장 계약한다고 해서 돈이 들어가는 것도 아니지 않는가. 자네가 원한 것이 수익금의 1%이니 판매를 시작하고 수익이 나야만 자네한테도 돈이 생길 테니 사실상 몇 달이 걸릴지, 아니면 몇 년이 걸릴 수도 있는 일이고 말이야."

현재 한국의 커피 프랜차이즈는 포화상태를 넘어서 어설프게 오픈했다가는 1년 안에 망하는 수준까지 넘어와 있다.

천산그룹으로서도 조금은 신중할 필요가 있었다.

물론 재중의 퀸 오브 썬라이즈가 워낙에 시중의 커피와는 그 질과 향, 맛이 달랐기에 자신할 수는 있지만 그 역시 시간이 필요하다는 것은 현실이었다.

"이걸 받으세요."

"응? 이게 뭔가?"

재중이 작은 주머니 네 개를 천 회장 앞에 내밀었다.

"하나는 제가 카페에서 판매하는 비율의 블렌딩 레시피입니다. 그리고 그 옆에 하나는 방금 천 회장님께서 드신 블렌딩 레시피구요. 나머지 두 개는 원두 배합에 가장 핵심이 되는 원두의 씨앗입니다."

"……!"

그냥 레시피를 알려주는 게 아니라 배합을 마친 것까지 다 넘겨주는 것도 모자라 가장 핵심이 되는 원두의 씨앗까지 넘기는 재중의 모습에 천 회장도 시우바 회장도 놀라움을 감추지 못했다.

그런데 그것뿐만이 아니었다.

팔랑~

여러 장의 서류를 꺼내 천 회장에게 내밀었는데 일반 서류가 아니었다.

"으음, 설마 이렇게까지……."

천 회장은 서류에 쓰인 레시피를 보고는 침음성을 내뱉었다.

원두의 종류와 배합은 물론 얼마나 말려야 하는지, 어떤 온도에서 로스팅을 해야 하는지, 로스팅하는 순서는 어떤지 모든 것이 자세하게 쓰여 있었다.

막말로 이것 한 장만 있으면 당장 방금 전에 재중이 천 회장에게 주었던 퀸 오브 썬라이즈를 재현하는 것이 너무나 쉬워 보일 정도였다. 그 정도로 자세하게 정확한 수치까지 쓰여 있었다.

한마디로 천 회장이 보기에 재중이 자신에게 모든 것을 넘겨준 것이나 다름없었다.

"흐음."

천 회장은 재중에게 받은 서류를 읽다가 슬그머니 자신의 품으로 집어넣었다.

천 회장이 시우바 회장을 보면서 말했다.

"어차피 저와 계약하면 공유하게 될 정보입니다."

듣기에 따라서 좋게 들릴 수도 있지만 속뜻은 아직 계약을 하지 않았으니 보여줄 수 없다는 말을 슬쩍 돌려서 말한 것이나 마찬가지였다.

재중이 내민 주머니와 서류를 모두 자신의 비서에게 넘겨주고는 1급으로 처리하라는 명령까지 남기는 모습에 시우바 회장은 서두를 것 없다는 표정을 지었다.

"하하하하하, 이해합니다."

쓴 입맛을 다시긴 했지만 시우바 회장도 비즈니스란 게 원래 영원한 아군도, 영원한 적도 없다는 것을 잘 알기에 딱히 천 회장의 행동에 화가 난 것은 아니었다.

그저 개인적인 욕심일 뿐이었다.

계약도 마무리됐겠다 싶어 재중이 먼저 인사를 건넸다.

"그럼 저희는 이만."

계약서에 사인을 마친 이상 이곳에 있을 이유가 없다.

재중이 일어서자 천 회장이 급히 일어서는 재중을 불러 세웠다.

"잠깐만 기다려 보게, 재중 군."

"아직 남은 것이 있습니까?"

"그게 아니네. 뭐 자네가 워낙에 오질 않으니 모처럼 이 야기나 좀 했으면 싶어서 말이야."

그리고는 슬쩍 다가오더니 재중에게만 들리도록 작게 속 삭였다.

"자네의 기 치료술에 대해서 물어볼 말이 있으니 좀 기다 려 주게."

"……?"

뜬금없이 속삭이듯 자신의 기 치료술에 대해서 물어볼

것이 있다는 천 회장이다.

재중은 나중에 물어보라고 말하려다 천 회장과 눈이 마주쳤다.

"…알겠습니다."

뭔가 진실을 알고 싶어 하는 천 회장의 눈빛을 읽은 재중이다.

무언가 있다고 판단한 재중은 연아와 같이 나왔지만 발을 멈췄다.

"먼저 카페로 돌아가야겠다."

"응. 난 걱정하지 말고 이야기 잘 하다 와."

연아는 혹시나 자신이 사인을 거절한 것에 대해 재중이 기분이 상했을지도 몰라 눈치를 보고 있었다. 하지만 재중은 전혀 변화가 없어 안심했다.

사실 남매이긴 하지만 그동안 떨어져 지낸 세월만큼 가까워지는 데도 시간이 필요했기에 연아가 재중의 눈치를 보는 것은 어쩔 수 없는 일이었다.

재중이 잔소리처럼 자신의 눈치를 볼 필요가 없다고 말하지만 연아는 그게 잘 되지 않았다.

아주 어릴 때 헤어져서 성인이 되어 다시 만났으니 그럴 법도 하다.

재중도 눈에 띄게 자신의 눈치를 볼 때 외에는 가급적이면 잔소리도 자제하긴 했지만, 워낙에 눈치를 많이 보니 그게 쉽지가 않았다.

"할아버지 운전기사 분이 연아 씨를 모시고 갈 거예요."

헤어지는 남매 사이에 슬쩍 끼어든 천서영이 같이 온 40대 후반의 깔끔한 인상의 남자를 소개하면서 같이 내려가 버렸다.

결국 이곳에 남게 된 것은 재중과 천 회장의 전속 비서 한 명뿐이다.

"잠시만 기다리시면 회장님께서 나오실 겁니다."

비서답게 재중을 리드해서 옆에 응접실까지 안내하고는 약간의 다과를 두고 나간다.

결국 재중 혼자 남게 되었다.

물론 심심하거나 그런 것은 아니다.

Chapter 07
박태평 (1)

재중귀환록

천산그룹의 회장실답게 여러 가지 미술품을 갖춘 실내였
다. 거기다 도시가 내려다보이는 뻥 뚫린 전경은 천산그룹
의 위상을 단편으로 보여주는 듯하다.

하지만 재중은 지금 그런 풍경도 관계없이 눈을 지그시
감고는 생각에 잠겼다.

'뭐지? 기 치료술에 대한 것을 물어본다니? 눈동자를 봐
서는 뭔가 이유가 있는 것 같은데 말이야.'

천서영이 완벽하게 정상적으로 돌아온 이상 더 이상 치
료 문제로 자신을 부를 천 회장이 아니다.

뭔가 재중에게 부탁하려는 눈빛도 아니었다.

순수하게 알고 싶다는 뜻이 강한 눈빛을 읽고 이야기라도 들어보자는 생각에 남은 것이다.

사실 그동안 재중이 천 회장을 밀어낸 것도 있었다.

적당히 친분을 유지하기 위해서는 대화만큼 좋은 것도 없었다.

"연락 남겼던 태평그룹에서 왔습니다. 회장님께 연락을 넣어주세요."

"……?"

생각에 잠겨 있던 재중의 귓가에 낮으면서도 굵은 남자 목소리가 들린다.

슬쩍 고개를 돌리자 20대 후반에서 30대 초반으로 보이는 남자가 천 회장의 비서에게 무언가 계속 요구하고 있는 모습이다.

당연히 현재 천 회장은 시우바 회장과 계약을 위해 같이 있으니 비서는 안 된다고 막았다.

결국 남자가 짜증을 내기 시작했다.

"이곳에 시우바 회장님이 계시다는 것을 알고 왔습니다. 천 회장님께 연락을 주세요. 태평그룹에서 온 박태평이라고 하면 저를 만나주실 겁니다."

비서가 도무지 말이 통하지 않자 자신의 이름까지 말하

면서 비서를 다그친다.

그러나 천산그룹 천 회장의 개인비서가 태평그룹에서 온 박태평의 말을 들을 리가 없었다.

"회장님께서 직접 끝날 때까지는 누구와의 연락도 미루라고 말씀하셨습니다. 죄송합니다, 박태평 도련님."

재중이 보기에 비서는 입으로는 미안하다고 하지만 표정은 딱히 미안해 보이진 않았다.

오히려 비서가 그를 대하는 모습을 보니 비서도 박태평이라는 남자를 잘 알고 있는 것 같았다.

"젠장!"

결국 비서와 말다툼까지 하던 박태평은 짜증을 부리더니 재중이 있는 응접실로 들어오는 것이 아닌가? 혼자서 말이다.

사실 재중도 비서의 안내가 없었다면 응접실의 위치를 모를 만큼 디자인이 좀 특이한 곳이 바로 천산그룹의 본사 건물이다.

그중에서도 천 회장이 직접 머물고 있는 회장실이 있는 층은 전부 천 회장이 직접 디자인했기 때문에 익숙하지 않으면 응접실은커녕 자신이 타고 왔던 엘리베이터도 찾는 데 시간이 걸리기 쉬운 구조인데 말이다.

"응?"

박태평도 응접실에 재중이 있는 것을 보고는 살짝 놀란 표정을 짓더니 재중의 머리부터 발끝까지 스캔하듯 훑어보기 시작했다.

재중이 그런 눈길을 모른다는 것은 있을 수 없는 일이다.

무엇보다 처음 보는 사람이 자신을 스캔하듯 머리끝부터 발끝까지 훑어보는 것을 좋아하는 사람이 있을 리도 없기에 웬만한 기업인들은 상대를 살피는 눈빛을 숨기면서 상대를 살펴보는 것이 일반적이다.

한마디로 상대가 모르게 상대를 파악하는 스킬을 가지고 있는 것이다.

하지만 박태평은 그딴 스킬은 애초에 있지도 않은 듯 대놓고 쳐다보면서 한 번도 아니고 두세 번이나 재중을 훑어보더니,

"홋, 서민이구만."

그 한마디를 남기곤 고개를 돌려 재중과 멀찌감치 떨어진 자리에 앉는다. 그리곤 창밖을 보면서 끝없이 혼자 투덜거리고 있다.

―마스터.

박태평이 자리에 앉는 순간 그림자가 살짝 흔들리면서 흑기병의 목소리가 들렸지만 재중은 피식 웃어버렸다.

'그냥 놔둬라. 저렇게 자란 것은 부모 잘못이니까.'

재벌가의 전형적인 버릇없는 모습일 뿐이라고 생각해 버렸다.

돈이라는 힘을 내세워 잘난 체하면서 재중을 건드렸다면 움직였을지 모르지만 아직은 혼자 중얼거린 것에 불과하기에 그냥 넘기기로 한 것이다.

이곳이 천산그룹의 본사가 아니고 천 회장의 회장실이 있는 곳이 아니었다면 물론 이야기는 달라졌겠지만 말이다.

한 번, 딱 한 번 재중은 박태평의 행동을 그냥 흘려 넘기기로 했다.

천 회장의 얼굴을 봐서 말이다.

거기다 이미 박태평의 짜증과 긴장감이 가득한 눈빛을 읽어서이기도 했다.

―네, 마스터.

당장이라도 튀어나갈 것처럼 흔들리던 재중의 그림자는 언제 그랬냐는 듯 다시 원래대로 돌아갔다.

흑기병은 재중의 명령이 없으면 절대로 먼저 손을 뻗는 법이 없었다.

딸각!

그때 회장실 문이 열리면서 시우바 회장과 천 회장이 밖으로 나왔다.

벌떡!

동시에 박태평도 튕기듯 일어서 곧바로 응접실을 나갔다.

그는 천 회장에게 가기보다는 바로 시우바 회장에게 다가가더니 영어로 뭔가 억울한 듯 하소연하는 모습이다.

하지만 시우바 회장은 오히려 기분이 나쁘다는 듯 인상을 찡그리더니 날카로운 눈빛으로 박태평을 쳐다보더니,

"태평그룹은 무례를 예절로 아는 곳인가보군!"

이 말을 남기고는 아예 박태평을 무시해 버렸다.

당연히 천 회장도 박태평을 한번 힐끗 보더니,

"박 회장에게 실망이군."

하는 말과 함께 시우바 회장과 다를 바 없는 반응이었다.

박태평의 위치가 어떻게 되는지는 모르지만 천 회장의 회장실에 일방적으로 통보하듯 약속을 하고 와서 시우바 회장에게 억지를 부리는 모습이 결코 좋게 보이지 않았다.

뿐만 아니라 비즈니스 세계의 기본적인 예의가 아니었다.

사정을 잘 모르는 재중이 봐도 눈살이 찌푸려지는 모습이었으니 당사자들은 어떻겠는가?

당연히 좋게 보일 리가 없었다.

"젠장."

결국 무시당한 박태평은 노골적으로 얼굴을 일그러뜨리면서 다시 재중이 있는 응접실로 돌아와야만 했다.

그런데 응접실에 들어서자마자,

"너, 뭐 하는 놈이냐?"

대뜸 재중에게 시비를 거는 게 아닌가?

마치 화풀이 상대로 재중을 찍었다는 듯 말이다.

재중은 조용히 생각하면서 바라보던 창문에서 시선을 돌려 박태평을 바라보았다.

"손님이다."

자기 기분도 제대로 다스리지 못하는 녀석은 관심도 없다는 듯 재중은 한마디 하고 다시 고개를 돌려 창밖을 바라봤다.

그 모습이 박태평에게는 방금 전 시우바 회장과 천 회장에게 받은 무시와 같은 느낌을 준 듯했다.

박태평은 재중 앞으로 성큼 다가오더니,

"무슨 용무로 이곳에 있느냐고 내가 묻잖아!"

라고 소리치며 재중의 어깨를 손으로 잡고 강하게 잡아당겼다.

아니, 당기려고 힘을 썼다.

"……!!"

하지만 어찌 된 영문인지 박태평이 아무리 재중의 어깨

를 잡고 잡아당겨도 꿈쩍도 하지 않는 것이다.

한때 미국에서 유학할 때 운동에 빠져서 럭비를 했던 박태평이다.

덩치가 그때에 비해 많이 줄어들긴 했지만 힘만큼은 웬만한 남자를 상대로 아직 져본 적이 없기에 지금 이 상황이 도무지 이해가 가지 않았다.

반면 어깨를 잡힌 재중은 결국 자리에서 일어섰다.

"네놈은 뭐냐?"

"뭐?!"

일촉즉발!

상대가 먼저 도발한 이상 재중도 아까처럼 무시할 생각이 없었다.

재중이 일어서서 박태평을 똑바로 쳐다봤다.

"뭐, 뭐야, 넌?"

재중과 눈이 마주치는 순간 박태평은 재중의 어깨를 잡고 있던 자신의 손이 저절로 떨리는 것을 느꼈다.

그는 태어나 처음으로 사람의 눈을 보는 것이 두렵다고 느끼는 중이다.

"다시 묻겠다. 내가 왜 너의 질문에 대답해야 하지?"

"뭐, 뭐라고 지금 지껄이는……."

아직까지 성질머리가 살아 있는지 재중의 물음에 신경질

적으로 대답하는 박태평이지만 목소리 톤이나 말투는 이미 완전히 기가 죽어버린 상태였다.

"네놈이 나를 초대한 천 회장과 무슨 관계이길래 나에게 시비를 거는지 묻고 있는 거다."

"뭣… 천 회장님의… 손님이라니… 말도 안 돼. 감히 서민인 네놈 따위가…….."

성질을 이기지 못해 만만해 보인 재중을 건드린 박태평이 뒤늦게서야 지금 자신이 있는 곳이 바로 천 회장의 전용 회장실과 응접실이라는 것을 기억해 냈다.

하지만 그는 도저히 믿고 싶지 않았다.

자신도 멋대로 찾아왔다가 오히려 싸늘한 무시를 당했다.

그런데 허름한 옷차림에 누가 봐도 길거리에 흔하게 볼 수 있는 평범한 재중이 천 회장의 손님이라니 믿을 수가 없었던 것이다.

그런데 그때,

"지금 무슨 짓이에요?"

연아를 배웅하고 올라온 천서영이 재중이 있는 응접실로 들어오다가 이 모습을 보고야 말았다.

"서, 서영아."

천서영의 외침에 깜짝 놀란 박태평이 돌아보자 그곳에는

화가 난 표정의 천서영이 서 있다.

"이곳에 박태평 씨가 왜 있는지는 궁금하지 않아요. 하지만 어째서 회장님의 손님의 멱살을 잡고 있는지는 설명이 필요합니다. 천산그룹을 무시하지 않는다면 말이죠."

"그게, 그게 아니라… 서영아, 이건……."

박태평은 친한 듯 천서영의 이름을 부르고 있다.

하지만 반대로 천서영은 딱딱한 말투로 박태평을 마치 남 대하듯 하는 모습이 이상하게 언밸런스하면서도 묘한 분위기다.

"그 손부터 놓으시죠."

"아, 알았어. 이건 내 실수야. 정말 실수라고. 먼저 저 사람이 시비를 걸어서 어쩔 수 없었어."

다급하게 천서영에게 다가가면서 변명 아닌 변명을 하기 시작한 박태평이었다.

하지만 재중에 대해 잘은 모르지만 어느 정도는 아는 천서영에게 박태평의 변명이 먹혀들 리가 없었다.

"돌아가 주세요. 이곳은 외부인이 함부로 드나들 만큼 쉬운 곳이 아닙니다."

"서영아, 정말 이러기야? 약혼까지 했던 사이인데 말이야."

끝까지 자신을 냉정하게 대하는 천서영의 모습에 박태평

이 말했다.

하지만 오히려 그 말을 들은 천서영은 살기가 느껴지는 듯한 눈빛으로 박태평을 쳐다보면서 입을 열었다.

"약혼을 먼저 파기한 것은 당신입니다, 박.태.평. 씨."

또박또박 이름을 끊어 부르면서 말하자 박태평도 결국 입을 다물어 버렸다.

사실 천서영이 암으로 투병하면서 처음 수술을 받았을 때만 해도 이상이 없을 줄 알았던 박태평이다.

재벌가끼리의 약혼과 결혼은 하나의 약속과도 같은 것이기도 했지만 천서영이 소문난 미인이었기에 박태평도 전혀 불만이 없었다.

배경이면 배경, 집안이면 집안, 거기다 예쁘고 몸매 좋기로 이미 소문난 천서영이었으니 말이다.

하지만 모든 것이 틀어진 것은 바로 천서영의 암이 재발하면서부터였다.

갑작스럽게 암이 온몸으로 퍼지고 수술도 거의 불가능해진 상황이 되자 박태평은 빠르게 약혼을 파기해 버린 것이다.

천 회장은 기업을 움직이는 입장이었다.

박태평의 약혼을 파기하고 싶다는 말에 어쩔 수 없이 고개를 끄덕일 수밖에 없었다.

하지만 죽어가는 손녀를 둔 할아버지의 입장에서는 박태평이 곱게 보일 리가 없었다.

하물며 죽음의 문턱에서 살아 돌아온 천서영이야 더 말할 것도 없었다.

물론 천서영도 재벌가에서 태어난 이상 자신의 마음과 상관없는 결혼을 하게 될 것이라는 것은 이미 알고 있었다. 그래서 박태평과의 결혼을 담담하게 받아들였던 상태였다.

하지만 자신이 암이 재발하고 투병을 시작하자마자 약혼을 파기한 그의 행동은 누가 봐도 도의를 벗어난 것이었다.

천서영이 그를 대하는 모습에 찬바람이 부는 것도 당연했다.

"미안하다."

그렇게 말하며 천서영을 뒤로하고 응접실 밖으로 힘없이 걸어 나가는 박태평이다.

하지만 그런 그의 발길을 잡는 사람이 있었다.

"넌 아직 내 물음에 대답하지 않았다."

멈칫!

천서영으로 인해 자존심마저 땅바닥에 떨어진 박태평이다.

그는 결국 재중의 말에 분노를 조절하지 못하고 돌아서며 재중을 노려보더니,

"넌 뭔데 자꾸 시비야!!"

소리치면서 곧바로 재중에게 달려드는 게 아닌가.

"안 돼요!!"

천서영도 박태평이 갑작스럽게 재중에게 뛰어들 것이라고는 생각지 못했다.

뒤늦게 소리치면서 손을 뻗었지만 여자가 남자를, 그것도 평소 운동을 해 단련된 박태평을 잡기는 애초에 불가능했다.

커다란 박태평의 주먹이 재중을 향해 날아가는 장면이 천서영의 눈에 고스란히 보였다.

"안 돼!!"

퍽!!

털썩!

그런데 천서영의 비명에 가까운 외침이 끝나기도 전에 재중에게 달려들던 박태평이 갑자기 쓰러져 버렸다.

마치 실이 끊어진 목각 인형처럼 말이다.

'쩝.'

박태평의 뒤에 있던 천서영은 어떻게 된 건지 제대로 볼 수가 없었다.

하지만 재중은 쓰러진 박태평을 보면서 멋쩍은 듯한 표정을 지어 보이고 있다.

'흑기병… 너…….'

재중에게 달려드는 박태평을 녹아웃시킨 것은 재중이 아니라 바로 흑기병이었다.

재중에게 위협이 되는 것은 명령이 없어도 움직이는 흑기병이긴 했다.

하지만 방금 박태평을 처리한 것은 평소의 흑기병답지 않은 행동이었다.

그렇기에 재중도 가볍게 피하면서 제압하려고 했던 것인데 재중의 의도가 무색해져 버렸다.

―직접적인 위협이었습니다, 마스터.

말투는 평소와 같지만 재중은 느낄 수가 있었다.

왠지 흑기병의 개인적인 감정으로 움직였다는 것을 말이다.

사실 지구로 와서 스스로 원하는 삶을 살아보라는 말에 잘 적응하는 테라와 달리 흑기병은 대륙에서와 똑같은 일의 반복이라 내심 걱정스럽던 재중이다.

그렇기에 흑기병의 이런 반응이 내심 반가우면서도 한편으로는 걱정스럽기도 한 것이다.

파괴력으로 보면 테라가 위협적이지만, 재중의 곁에 항상 붙어 있는 흑기병은 재중 개인적으로 변수가 많았으니 말이다.

"쩝. 어쩌죠?"

재중이 쓰러진 박태평을 보면서 천서영에게 물어봤다.

"…자업자득이죠."

천서영에게 이미 박태평은 안중에도 없었다.

사실 천서영과 박태평의 약혼이 일방적으로 파기되면서 천산그룹과 태평그룹도 겉으로는 평온해 보이지만 속으로는 서로 간에 감정이 깊어져 있었다.

거기다 태평그룹의 박태평이 천 회장의 회장실에 직접 와서 깽판까지 쳤으니 감정의 골이 더욱 깊어지는 것은 어쩌면 당연했다.

다만 어째서 박태평이 알면서도 이런 무례를 저질렀는지는 모르지만 말이다.

Chapter 08
신승주

"못 볼 꼴을 보였군. 미안하네, 재중 군."

천 회장은 시우바 회장을 배웅한 후 올라와서야 이야기를 들었다.

그는 즉각 태평그룹에 전화를 걸어 강력하게 항의했다.

응접실의 CCTV를 통해 박태평의 무례한 행동까지 모두 확인한 이상 변명의 여지가 없었다.

기업의 정보가 곧 돈이 되는 요즘 세상에 천 회장의 응접실에 감시카메라가 없을 리 없었다.

물론 목소리는 물론 화질도 웬만한 HD 화질 못지않은 성능 좋은 CCTV의 화면은 박태평의 추태를 너무나 자세하게 알려주는 증거물이었다.

"괜찮습니다."

재중은 슬쩍 흑기병의 아만티움으로 만들어진 건틀릿 주먹을 맞은 박태평이 금방 깨어날 수 있을지에 대해서 생각해 보다가 곧 머릿속에서 지워 버렸다.

정신 못 차리고 또다시 덤벼들면 그때는 아예 사라지게 만들면 되니까 말이다.

테라와 흑기병이 있는 이상 그딴 녀석 하나 처리하는 것은 손바닥 뒤집는 것보다 쉬운 일이었다.

최첨단 장비는 애초에 아무런 소용이 없었다.

마법을 다루는 테라와 그림자를 다루는 흑기병에게는 그 무엇도 소용없었다.

대륙에서도 테라와 흑기병은 무적에 가까웠는데 지구는 오죽하겠는가?

오직 재중의 결정만 중요했을 뿐이다.

"그보다, 이제 말씀하세요."

재중은 뭔가 쉽게 말을 꺼내지 못하는 천 회장의 모습에 먼저 돌직구를 날리듯 단도직입적으로 물었다.

잠시 생각하던 천 회장이 조용히 입을 열었다.

"혹시 자네 기 치료술… 스승이 누구인지 물어도 되겠

는가?"

"……?"

뜬금없이 기 치료의 스승을 묻는 말에 재중이 잠시 고개를 갸웃거렸다.

애초에 스승은커녕 기 치료도 아니었으니 말이다.

하지만 거짓말을 해놓은 것이 있기에 어쩔 수 없이 대답은 해야 했다.

"이미 세상에 계시지 않습니다."

가장 간단하면서도 확실한 것이 바로 죽은 사람으로 만들어 버리는 것이다.

그런데 재중의 대답을 들은 천 회장의 표정이 조금 난감한 듯 변해 버렸다.

"역시… 어쩐지……."

"……?"

한숨과 함께 복잡한 표정이던 천 회장은 결국 잠깐의 침묵 뒤에 입을 열었다.

"사실 내가 친하게 지내는 사람이 한 명 있는데 아마 자네도 들어봤을 거라고 생각하네. 신승주라는 이름을 말이야."

"신승주?"

천 회장에게 이름을 들은 재중이 잠시 생각에 잠겼다.

곧바로 떠오르는 인물이 하나 있긴 했다.

천재 작곡가이자 국내보다 세계에서 알아주는 이로 아시아 작곡가 중에 처음이자 유일하게 5주 동안 미국 빌보드차트 1위에 올랐던 사람으로 더욱 유명하다.

알래스카에 살던 연아도 신승주의 이름을 알고 있으니 굉장히 유명한 사람이다.

"그렇다네. 사실 그 녀석이 음악을 한다고 할 때 뒤를 봐준 게 바로 나라네."

"…그렇군요."

만약 방송 기자나 신문기자들이 지금 재중이 듣고 있는 이야기를 들었다면 난리가 났을 것이다.

천재 음악가이자 작곡가인 신승주의 뒤에 천산그룹의 천회장이 있다는 것은 엄청난 뉴스거리였으니 말이다.

물론 재중은 그냥 그렇구나 하는 정도였다.

천 회장과 신승주의 만남은 너무나 평범했다.

예전에 천 회장이 직접 그룹에서 총력을 기울인 제품의 CF 촬영 차 음악을 의뢰했고, 그때 음악을 담당한 것이 바로 햇병아리 시절의 신승주였던 것이다.

순수하게 신승주의 음악을 들은 천 회장은 돈이 없어서 음악을 포기하려던 그의 사정을 듣고는 무려 5년 동안 전액 학비와 생활비까지 지원해 주기로 결정을 내렸었다.

그건 아는 사람만 아는 비화이기도 했다.

그저 천 회장이 듣기에 신승주의 음악이 좋아 내린 개인적인 결정이었다.

자신도 한때 돈을 벌기 위해 학업을 모두 포기했던 경험까지 있기에 동정도 어느 정도 있기는 했다.

하지만 신승주에게는 평생에 다시없을 기회였다.

그런데 정말 천 회장의 안목이 적중했던 걸까?

미국으로 유학을 갔던 신승주는 우연치 않게 미국의 음악 프로듀서와 만나면서 자신의 음악성을 폭발시킨 것이다.

천 회장이 뒤에서 지원해 준 지 불과 3년 만에 스스로 일어서 버렸다.

거기다 보통은 노래를 부른 가수가 유명해지게 마련인데 신승주는 작곡가이면서도 오히려 가수보다 더 유명해졌다.

오죽하면 신승주가 쓰다 버린 노래까지도 사람들이 어떻게든지 얻기 위해서 노력할 정도였다.

유색 인종에 대해서 배타적인 미국과 유럽에서도 유명세를 떨치고 있는 신승주의 이름은 음악계에서는 하나의 브랜드나 마찬가지였다.

지금까지 열다섯 곡을 썼는데 그중에 열 곡이 빌보드차

트 1위부터 20위까지 했다.

유럽의 유로차트에도 10위 안에 나머지 다섯 곡이 올라가 오랫동안 머물렀으니 신승주가 작곡하면 무조건 히트한다는 말이 나와도 전혀 이상할 것이 없었다.

그런 신승주도 천산그룹과 관련된 일에는 적극적으로 도움을 줬다.

천 회장과도 개인적으로 제법 친한 사이였다.

재중은 그런 신승주의 이름을 자신에게 말하는 것이 이상했다.

사실 신승주 같은 사람과 인연이 없으려면 영원히 없을 것이 바로 재중이었으니 말이다.

"사실 그 녀석이 최근에 교통사고를 당했네. 물론 생명에는 지장이 없지만 목을 다치면서 왼쪽 팔과 다리가 마비되어 버렸지. 치료를 하려고 해봤지만 결국 모두 실패해서 실의에 빠져 있는 녀석의 얼굴을 보기가 너무 안쓰러워 내가 좀 나섰는데……."

말꼬리를 흐린 천 회장은 멍하니 천장을 한번 쳐다보더니 다시 재중에게 시선을 돌렸다.

"결과적으로 사기를 당한 셈이네."

"……?"

사기라는 말에 고개를 갸웃거리는 재중을 보며 천 회장

이 입을 열었다.

"내가 기 치료사를 수소문해서 치료를 받게 했다네. 자네와 비슷하게 치료하는 모습도 그렇고 침까지 다루면서 나름 유명한 사람이었기에 믿었는데……."

말을 또 흐리는 모습에 대충 이해가 된 재중이다.

"더욱 심해졌군요."

나직한 재중의 말에 천 회장이 고개를 끄덕인다.

"목 아래로 모든 신경이 마비되어 버렸다네. 동시에 작곡가로서도 인간으로서도 그 녀석의 시간이 멈춰 버린 것이지."

사정이 안타깝긴 했지만 재중은 처음 자신에게 스승이 누구냐는 물음의 해답이 되지 않았기에 다시 물었다.

"그런데 제 스승이 누군지는 왜 물으셨습니까?"

"그게 참… 그 사람이 수련했다는 곳이 바로 자네가 처음 모습을 드러냈던 강원도 강릉 부근이었네. 거기다 손바닥을 이용해서 기 치료를 하는 모습까지 자네와 너무나 닮았기에 나도 깜빡 속은 것이지."

결과적으로 재중이 치료하는 모습을 본 천 회장은 기 치료에 대한 믿음이 생겨 버린 것이다.

본래 그런 것을 믿지 않던 천 회장이지만 자신의 손녀가 죽음의 문턱에서 살아 돌아왔는데 믿지 않는 것도 이상한 일이다.

하지만 설마 그것 때문에 사기꾼한테 당할 줄은 천 회장도 재중도 전혀 예상하지 못한 결과였다.

"거기다 자신에게 제자가 있다고 했는데, 이름이 바로 선우재중이라고 하더군."

"네?"

이 말에는 재중도 놀랄 수밖에 없었다.

재중의 선우라는 성은 그렇게 희귀한 것도 아니지만 그렇다고 쉽게 볼 수 있는 성도 아니다.

그런데 선우라는 성을 댄 것도 신기했는데 이름까지 똑같다는 것은 재중으로서도 놀랄 수밖에 없었다.

"역시 자네도 놀라는구만."

지금까지 본 재중의 모습에서 가장 놀라는 모습을 보이자 천 회장은 자신이 사기를 당했다는 것을 확신하게 되었다.

반면 재중은 엉뚱한 곳에서 자신의 이름이 나왔다는 것에 놀라면서도 머릿속이 복잡했다.

"혹시 그 사람을 제가 만나볼 수 있습니까?"

자신의 이름을 알고 있다는 것부터 이미 궁금증을 유발시켰다.

재중이 물어보자 천 회장은 고개를 저으면서 대답했다.

"그게… 우리도 그놈을 지금 찾고 있지만, 승주를 그렇게 만든 뒤론 감쪽같이 종적을 감춰 버렸네. 내 모든 힘을 써 봤지만 찾을 수가 없더군."

아무리 과학이 발달했다지만 사람이 마음먹고 숨으려고 작정하면 얼마든지 숨는 게 가능하긴 했다.

특히나 외국으로 가는 경우 아무리 천 회장의 정보력이 좋다고 해도 한계가 있다.

거기다 기 치료라는 것 자체가 하나의 의료 행위로 인정을 받지 못하는 이상 인터폴에 의뢰를 해도 사건이 성립되지 않았다.

천 회장이나 치료를 받은 신승주나 모두 그런 사실을 알고 치료를 받은 것이니 말이다.

그리고 그와 동시에 천 회장이 자신을 따로 만나려고 한 의미도 대충 짐작이 가는 재중이다.

"제가 신승주 씨를 치료해 주었으면 하시는군요."

뜨끔!

아무리 천산그룹의 천 회장이라도 재중의 돌직구에는 표정의 변화를 숨기는 것이 역시나 힘든 듯했다.

자신의 속마음이 들킨 듯 반응을 보였으니 말이다.

"참 염치가 없긴 하네. 하지만 난 개인적으로 신승주를 좋아하네. 그의 음악도 좋아하고… 그리고 나 때문에 완전

망가졌다는 것이… 미안해서…….''

직접적이진 않지만 천 회장이 기 치료를 선뜻 선택하게
된 것에는 재중의 영향력이 없다고 하기에는 좀 무리가 있
었다.

물론 그런 이유로 재중에게 신승주의 치료를 부탁하는
것은 천 회장도 면목이 없기에 혼자 고민을 많이 했을 것이
다.

그렇지만 아무리 노력해도 현대 의술로는 가능성이 없다
는 판단을 내리고 결국 재중에게 사실을 말한 것이다.

신승주도 사실상 재산만 따지면 재중은 비교도 되지 않
을 만큼 많았다.

돈이 없어서 치료를 못하는 것이 아니라 방법이 없어서
치료를 못하는 것이다.

''신승주 씨는 지금 어디에 있습니까?''

''응? 자네… 설마……?''

천 회장은 재중이 거절해도 어쩔 수 없다는 것을 알고 그
냥 찔러나 보자는 심정으로 말한 것인데 재중이 의외로 긍
정적으로 말하자 놀란 표정이다.

''저도 알고 싶은 게 있으니까요. 그 사기꾼 치료사라는
사람이 과연 어떻게 제 이름을 알고 있는지 말이죠.''

좀 안되긴 했지만 재중은 신승주라는 사람이 죽든 살든

딱히 상관은 없었다.

생전 본 적도 없는 사람에게 무슨 마음이 움직이겠는가?

다만 결정적으로 재중의 마음을 움직인 것은 재중의 이름을 알고 있다는 사기꾼 기 치료사라는 녀석이다.

재중은 사실상 10년 동안 지구상에 존재하지도 않았던 것이나 마찬가지가 아닌가?

차원 너머 대륙에서 드래고니안과 전쟁을 치르고 있었으니 말이다.

당연히 시간적 괴리가 생긴 그 10년의 세월 탓에 재중이 현재 지구상에 아는 지인은 전혀 없다고 해도 틀린 말이 아니다.

과거 막노동을 하면서 전국을 떠돌아다닐 때는 이름보다 막내라고 불렸었다.

그들·중에도 재중의 이름을 아는 사람은 작업반장을 제외하고는 없었다.

흔하지 않은 성, 그리고 10년간의 공백.

모두 따져 봐도 자신의 이름이 나오는 것 자체가 너무나 의문투성이다.

그리고 그 사기꾼이 신승주의 몸을 어떻게 했기에 목 아래로 마비가 온 것인지도 궁금했다.

천 회장이 생각하는 것처럼 마음이 움직여서가 아니라

재중은 순수하게 자신의 호기심 때문에 신승주를 치료하기로 결정한 것이다.

아직 냉정하고 이기적인 사고력이 강한 재중이다.

연아 덕분에 인간의 성격이 밖으로 많이 드러나긴 했지만 그래도 드래곤의 피의 영향으로 생긴 이기적인 성격이 아직은 꽤 남아 있었다.

"미국에 있네."

"그럼 제가 미국으로 가야 한다는 거군요."

"그렇다네."

"음……."

잠시 생각하는 듯한 재중의 모습에 천 회장은 조용히 기다렸다.

"수능까지 50일 남았으니… 크게 지장은 없겠네요."

"수… 능?"

"네, 저도 대학엘 한번 가보려고요."

"대학이라……. 음, 혹시 여동생 때문인가?"

천 회장은 천서영에게서 들은 말도 있고 해서 물어봤다.

재중이 가볍게 고개를 끄덕였다.

그런 재중의 모습에 천 회장은 잠시 말없이 재중을 쳐다보더니 한마디 했다.

"자네는 자네의 인생을 살 생각은 없는 건가?"

"……?"

재중이 천 회장의 뜬금없는 말에 말없이 쳐다보자,

"이건 그냥 노파심이라고 생각해도 되네. 하지만 과연 자네의 여동생이 자신을 위해서 이렇게 오빠가 희생한다는 것을 알면 기뻐할지 그것이 조금 의문이 들어서 그러네."

"……"

천 회장의 말에 재중은 그가 왜 저런 말을 하는지 이해는 했다.

물론 연아가 재중이 이렇게까지 일을 벌이는 것을 알게 된다면 좋아하진 않을 것이라는 것도 알고 있다.

하지만 그건 천 회장이 재중이 어떻게 살아왔는지, 어떤 고통을 겪었는지 잘 모르기 때문이다.

"열세 살 어린애에게 닥친… 어느 날 갑자기 여동생이 사라진 기분을… 아십니까?"

"……"

나직한 재중의 말에 천 회장은 자신이 실수했다는 것을 깨달았다.

사람마다 아킬레스건이 하나씩은 있다.

특히나 재중처럼 특이한 인생을 살아온 사람은 평범한

사람이 가늠하기에는 다소 무리가 있었다.

"하나뿐인 피붙이를 찾아… 길거리에서 몇 년 동안 살아본 적이 있으십니까?"

"…미안하네."

재중의 말투가 워낙에 중저음에 목소리의 변화가 없기에 천 회장은 재중이 화가 났다고 생각했다.

하지만 재중은 화가 난 것이 아니었다.

그저 담담한 기분을 말했을 뿐.

재중의 평소 말투보다 낮은 목소리다 보니 듣는 사람이 오해할 만했다.

"인생의 연장자로서 살아오신 것은 알고 있습니다. 하지만 연아를 위해서이기도 하지만 한편 저를 위해서이기도 합니다."

"미안하네. 주책을 부렸구만."

아무리 연륜이 있다고 해도 상대에 대해서 제대로 알지도 못하면서 충고를 하는 것은 가장 피해야 할 것 중에 하나다.

천 회장은 잘 알고 있으면서도 재중의 모습이 조금은 답답해 보여서 한마디 한 것인데, 그것이 결국 그저 오래 살았기에 하는 잔소리가 되어버렸다.

"괜찮습니다. 이제 과거의 일이니까요."

재중이 자리에서 일어섰다.

"서영아."

천 회장이 함께 나가면서 천서영을 불렀다.

기다렸다는 듯 천서영이 다가오더니 재중을 안내하기 시작했다.

"아까는 죄송했어요."

천서영으로서는 자신의 집안일 때문에 괜히 재중이 박태평과 엮여서 험한 꼴을 당한 셈이라 사과부터 건넸다.

"상관없어요. 그보다 살아 있나요?"

박태평이 흑기병의 주먹에 맞았기에 혹시나 하는 마음에 재중이 물었다.

"후후훗, 그 정도에 죽을 사람은 아니에요. 병원으로 가자마자 바로 정신 차리고 돌아갔으니까요."

천서영은 재중이 지금 농담을 한다고 생각했다.

딱히 재중이 움직인 것을 본 것이 없기 때문이다.

박태평이 쓰러진 것이 그냥 흥분한 그가 자기 발에 걸려서 넘어진 걸로 생각하고 있는 것이다.

영상에서도 재중의 등을 중심으로 찍고 있었기에 잠깐 허공에서 튀어나와 박태평의 얼굴을 후려치고 사라진 흑기병의 주먹이 찍히지 않았다.

거기다 재중은 손가락 하나 까딱하지도 않았다.

영상도 그렇고 가까이 있던 천서영도 혼자 넘어진 걸로 봤으니 재중의 말을 농담으로 들을 수밖에 없었다.

두 사람이 본사 건물을 나서려고 지하 주차장으로 내려 갔을 때였다.

Chapter 9
박태평 (2)

재중귀환록

"서영아."

박태평이 기다리고 있었는지 재중과 천서영이 주차장에 들어서자 곧바로 모습을 드러냈다.

제법 오래 기다렸을 것이 분명한데도 그런 것에 아랑곳하지 않는 박태평의 얼굴을 본 천서영의 표정이 싸늘하게 변했다.

"더 이상 볼일이 없을 텐데요?"

조금 전에 그런 실수를 해놓고도 다시 찾아온 박태평의 뻔뻔함에 천서영은 질렸다는 듯 고개를 돌렸다.

"가요, 재중 씨."

천서영은 박태평을 없는 사람 취급하듯 무시하고 차로 가려고 발걸음을 옮겼다.

하지만 한 걸음도 내딛지 못하고 멈춰야만 했다.

덥석!

"이게 무슨 짓이죠?"

천서영이 자신의 팔을 잡은 손을 쳐다보며 화가 난 듯 날카롭게 소리쳤다.

하지만 정작 천서영의 눈빛을 받고 있는 박태평은 아랑곳없다는 표정이다.

"이야기 좀 했으면 한다. 오늘 낮의 일은 내가 사과할게."

"그걸 왜 나에게 사과하는 거죠? 실례를 한 건 재중 씨에게 아닌가요?"

그러면서 재중을 쳐다보는 천서영의 모습에 박태평은 곧바로 재중에게 다가오더니,

"미안합니다."

그렇게 말하고는 바로 등을 돌려 다시 천서영에게 가버렸다.

그리고 당연히 그따위로 사과를 하고 자신에게 오는 박태평의 모습을 본 천서영은 한숨 섞인 한마디를 했다.

"역시나 전혀 변하지 않았군요."

"뭐가 말이지?"

"한때 전 그런 모습이 당당함이라고 생각했죠. 그런데 제 착각이었네요. 자만과 당당함을 구별 못하던 어린 시절이었으니까요."

"이건 당당한 거다, 서영아. 태평그룹의 장남으로 태어난 난 지금까지 이렇게 살아왔다. 뭐가 잘못됐다는 거지? 오히려 변한 것은 바로 너 아니니? 천산그룹의 천서영이 한낱 서민에게 굽실대는 모습이라니 말이야."

짝!!

갑작스러웠다.

천서영이 박태평의 뺨을 때린 것은 너무나 갑작스러워서 맞은 박태평도 자신이 지금 뺨을 맞은 것인지 잠시 생각해야 할 정도였다.

"말조심하세요! 당신이 서민이라고 말하는 사람들이 천산그룹과 태평그룹을 만든 사람들이니까요!"

지금까지는 그냥 기분 나쁜 모습이었다면 지금 천서영의 얼굴은 정말 진심으로 화가 나 있었다.

뒤에서 바라보고 있는 재중의 눈에도 보였다.

천서영의 몸에서 강렬한 감정 기복이 있을 때만 보이는 여러 색의 오라가 피어올라 서로 뒤섞여서 뒤죽박죽되어 있는 모습이 말이다.

"훗, 천서영, 많이 약해졌구나."

"뭐라구요?"

하지만 오히려 박태평은 천서영이 자신의 뺨을 때렸다는 것만이 아니라 천서영이 말한 서민이 자신들의 그룹을 만드는 기본이라는 말에 코웃음을 쳤다.

"세상은 1%의 천재가 나머지 99%의 평범한 사람들을 먹여 살리는 거다. 그리고 너와 난 1%의 사람들이고, 저기 저 서민 녀석은 바로 99%의 사람이란 말이다. 천산그룹의 천서영이 그런 것을 잊다니 정말 실망인걸."

그는 마치 자신이 천서영에게 크게 실망한 것처럼 말했다.

물론 그 말을 들은 천서영은 기가 막힌다는 듯 혀를 찼다.

"1%? 당신이 1%에 들 자격이 있다고 생각하나요? 미팅이 깨졌다고 다른 그룹의 회장실에 억지로 찾아와서 무례하게 행동한 사람이 1%라니 기가 막히네요."

"뭐라고?! 이게!!"

정확하게 약점을 찌르는 천서영의 말에 또다시 화를 참지 못한 박태평이 손을 번쩍 들더니 솥뚜껑만 한 손으로 천서영의 얼굴을 내려치려고 했다.

순간,

덥석!

"여자를 때리는 놈은 인간 이하라고 하지."

"넌 뭐야?!"

천서영을 향해 휘둘러질 손이 언제 다가왔는지 재중에게 잡혀서 꿈쩍도 하지 않았다.

박태평은 짜증이 솟았다.

사실 오늘 모든 일이 틀어진 것이 모두 재중과 만난 후부터라고 생각하고 있는 박태평이었다.

천서영 때문에 기껏 재중을 무시하고 있었는데 재중이 자신의 손을 잡자 결국 이성의 끈을 놓아버렸다.

휙!

그는 곧바로 다른 쪽 왼 주먹을 휘둘러 재중의 얼굴을 노렸다.

하지만 살짝 한 발짝 뒤로 물러난 재중이 고개를 까딱거리자 박태평의 주먹은 스치지도 않았다.

"이 자식이!! 지금 장난하나!!"

아마추어 복싱을 한 박태평이다. 설마 재중이 자신의 주먹을 피할 줄은 생각지도 못했다가 한 방 먹은 셈이다.

박태평은 바로 허리를 꺾으면서 몸을 크게 돌려 팔꿈치로 다시 공격했다.

하지만 그것 역시 재중이 살짝 옆으로 한 발짝 움직여 가볍게 피해 버린다.

옆에서 얼핏 보면 재중은 그저 발을 한두 걸음 옮길 뿐이고, 박태평은 혼자 똥폼을 다 잡으면서 휘두르고 있는 요상한 모습이다.

"이 새끼가!! 맞으란 말이다, 맞아!!"

재중이 두 번이나 피해 버리자 짜증이 머리끝까지 오른 박태평은 그때부터 마구잡이로 재중을 향해 주먹을 휘두르기 시작했다.

물론 몸으로 익힌 아마추어 복싱 기술이 있기에 아무리 이성을 잃었다고 해도 정확하게 얼굴의 급소와 배, 가슴을 노리는 공격뿐이다.

옆에서 보던 천서영의 눈에는 마치 박태평의 주먹이 소나기처럼 재중을 향해 쏟아지는 것만 같았다.

"위험해요!!"

천서영은 박태평을 오래전부터 알고 있기에 재중이 당장이라도 피를 흘리면서 쓰러질 것 같아 소리쳤다.

아마추어 복싱을 시작으로 럭비에 카누, 스키는 기본이고 별의별 운동을 다 섭렵한 박태평이다.

특히나 아마추어 복싱은 전국체전에 나가 금메달까지 딴 기록까지 있기에 놀라서 소리쳤던 것이다.

그런데 금방이라도 박태평의 주먹에 쓰러질 것 같은 재중이 살짝 흔들리는 모습이 천서영의 눈에 보였다 싶은 순간,

착!

마치 물이 흐르듯 너무나 자연스럽게 박태평의 주먹을 한 손으로 흘려 버리고는 옆으로 몸을 튼다.

그리곤 한 발 움직였을 뿐인데 재중의 몸이 박태평의 품 속으로 들어가 있었다.

"……!!"

천서영은 지금까지 저런 움직임을 본 적이 없기에 크게 놀랐다.

정작 당한 박태평은 지금 뭐가 어떻게 된 건지 영문도 모르고 있었다.

다만 자신의 품으로 들어온 재중의 목소리가 들릴 뿐이다.

"99%의 아픔을 느껴보는 것도 좋겠지."

퍼엉!!

"크윽!!"

그저 단순히 재중의 손바닥이 박태평의 가슴에 닿았다고 생각되는 순간, 가죽으로 만든 큰북이 터지듯 커다란 소리가 터져 나왔다.

동시에 박태평의 몸이 그대로 날아가 구석에 처박혀 버렸다.

"재… 중… 씨……?"

덩치도 있고 키도 재중보다 더 큰 박태평이 날아가는 모습을 보고 서영은 순간 할 말을 잃어버렸다.

재중을 걱정했던 게 무안할 만큼 황당한 상황이었다.

아마추어 복싱을 했든 럭비를 했든, 재중과 박태평의 실력 차이는 하늘과 땅이었다.

재중이 무림의 절대고수라면 박태평은 유치원생이나 마찬가지였다.

기껏 스포츠로 배운 것과 목숨을 걸고 전쟁을 하면서 배운 것은 기본부터가 달랐으니 말이다.

재중도 그걸 알기에 가능하면 최대한 힘을 줄여서 일부러 제로의 거리에서 타격했던 것이다.

하지만 결과는 역시나 압도적인 능력의 차이가 어떤 것인지 여실히 보여주었다.

"쩝, 손가락으로 때려야 하나, 이제부터는."

일부러 손바닥이 가슴에 닿은 제로의 거리에서 최대한 힘을 뺐다.

그럼에도 재중이 마음먹기에 따라 발휘되는 힘의 차이는 엄청났다.

"저기… 또다시 구급차 불러야겠네요."

사람을 날려 버리고도 오히려 아무렇지 않은 듯 천서영에게 말하는 재중이다.

그 모습에 잠시 멍해 있던 그녀는 우선 급한 것을 처리해야 했기에 구급차를 불렀다.

"괜찮을까요?"

구급차를 부른 뒤, 천서영이 구석에 기절해 있는 박태평을 보면서 재중에게 물었다.

"괜찮을 겁니다."

어차피 재중이 힘을 많이 빼기도 했지만 애초에 박태평을 어떻게 하려고 한 것이 아니었다.

보기에는 뒤로 멀리 날려가 구석에 처박혀서 크게 다친 것으로 보일지 모르지만 사실 가슴의 충격에 순간 기절했을 뿐 박태평은 작은 상처 하나 없는 상태였다.

재중의 명령으로 땅에 떨어지기 직전 흑기병이 슬쩍 박태평의 몸을 잡아주기까지 했으니 말이다.

다만 깨어나고 나서 박태평은 어딘가 변해 버린 자신의 몸을 느끼게 될 것이다.

손바닥으로 가슴을 때리는 순간, 재중이 나노 오리하르콘을 박태평의 몸속에 소량 집어넣어 근육의 힘을 1/3로 줄여놓은 것이다.

돈 많고 다혈질에 먼저 주먹부터 나가는 습성이 있는 녀석은 분명히 여러 사람에게 피해를 줄 것이 뻔하다는 판단에 가차 없이 손을 쓴 것이다.

"원래 저 정도는 아니었는데……."

쓰러진 박태평이 평소에 다혈질에 특권의식이 강하다는 것은 천서영도 알고 있었다.

어릴 때는 그런 모습이 정말 당당하고 남자답게 느껴지던 천서영이다.

하지만 죽을 고비를 넘기면서 자신의 인생을 돌아보게 된 천서영은 결국 아무리 돈이 많아도 사람이 살아가는 데 그리 중요하지 않다는 것을 깨달았다.

죽을 고비를 넘기면 보통은 성격이 변하거나 사고방식이 변하는 일이 종종 있다.

천서영의 머릿속에서 특권층의 자만심이 사라진 것도 어쩌면 이 때문일 것이다.

반면에 박태평은 정말 순탄한 인생에 자신이 원하는 운동 등 하고 싶은 것을 모두 하면서 자라왔다.

태평그룹의 장남, MIT를 졸업한 수재, 다음 태평그룹을 이어받을 유력한 후계자 등이 지금까지 박태평을 평가하는 기준이었다.

그런 평온한 삶을 살아가는 그였지만 문제가 생긴 것은

바로 작년부터였다.

태평그룹의 차남으로 있던 박태형이 박태평의 자리를 위협하기 시작했다.

운동 좋아하고, 친구 좋아하고, 술 먹고 놀기 좋아하는 박태평을 밀어내기 시작한 것이다.

박태평이 장남이라는 것에 만족해 안심하고 있는 사이에 박태형이 회사에 뛰어들었다.

박태형이 회사 내에 자신의 입지를 쌓기 시작하더니 결국 새로 계획한 라면과 즉석식품이 대박을 쳐버리자 박태평은 단숨에 밀리기 시작했다.

뒤늦게 그 사실을 깨달은 박태평은 자신도 뭔가 하려고 했지만 하는 것마다 실패했다.

비즈니스에서 가장 중요한 인내심도 그렇고, 상대의 모든 것을 받아 넘기면서 자신에게 유리한 쪽으로 이끌어야 하는 기본적인 마음가짐이 없었던 것이다.

운동을 좋아하고 그러다 보니 당연히 승부욕이 강할 수밖에 없었다.

만약에 운동선수였다면 박태평의 이런 성격은 정말 제격이다.

하지만 그는 태평그룹을 이어받을 그룹의 후계자로 비즈니스를 해야 하고 사람을 다뤄야 하는 자리에 있는 사람이었다.

다혈질에 승부욕이 강하면 오히려 불리한 것은 당연했다.

천천히 준비해서 뒤에서 치고 올라온 박태형을 견제하기에는 너무나 늦어버린 것이다.

그러다가 이번에 브라질의 시우바그룹과 계약해서 자신의 이름으로 국내 커피전문점 프랜차이즈를 시작하려고 했던 것인데 갑작스런 미팅 취소로 마지막 희망이었던 계획이 시작도 해보지 못하고 무산될 위기에 처하자 다급한 마음에 이런 일을 벌이게 된 것이다.

거기다 암으로 죽어가던 모습은 찾아볼 수도 없을 만큼 건강하게 돌아온 천서영을 보자 약혼을 파기한 것이 뒤늦게 후회가 되었다.

그래서 뒤늦게 어떻게든 천서영의 마음을 돌려보려고 병원에서 깨어나자마자 다시 찾아와 기다렸다.

하지만 본래 여자의 마음은 한번 떠나면 되돌리기 쉽지가 않다.

사고방식까지 바뀌어 버린 천서영에게 이제 박태평은 그저 잘난 척하는 돈 많은 집안의 장남 그 이상도 이하도 아닌 존재가 되어버렸으니 말이다.

"가죠."

구급차가 박태평을 데리고 갔으니 더 이상 있을 이유가 없다.

재중이 전에 아울렛에서 본 적이 있는 차 쪽으로 걸음을 옮기려는데, 뒤에서 천서영의 목소리가 들렸다.

"그건 업무용이에요. 개인적으로 전 이걸 써요."

그러면서 그녀가 안내한 곳에는 검은색의 오픈카 한 대가 서 있었다.

유려한 곡선에 잘빠진 몸체가 한눈에 '나 비싼 몸이다'라고 말하고 있는 듯한 느낌이다.

천서영도 재중의 그런 느낌을 눈치챘는지 살짝 웃으면서,

"할아버지께서 성인의 날 선물로 사주신 거예요."

슬쩍 재중의 눈치를 살피면서 말한다.

하지만 그런 천서영의 눈치와 달리 재중은 그저 순수하게,

"멋진 차네요."

그렇게 말하고는 끝이다.

재중은 곧 자신도 운전면허를 따야 하는데 어떤 차가 좋을지 생각하지 않고 있다가 천서영의 차를 보고는 나름 자신에게 필요한 차가 어떤 차일지 잠시 생각했을 뿐이다.

하지만 그런 재중의 생각을 알 리 없는 천서영은 평소 검

소한 재중의 모습을 떠올리곤 혹시나 자신이 낭비벽이 있는 여자로 오해받을까 봐 눈치를 본 것이다.

"이런 차 보통 얼마나 해요?"

그동안 자동차의 필요성을 느끼지 못해 생각지 않고 있다가 갑작스럽게 운전면허의 필요성을 느끼게 된 재중이었다.

재중은 차에 대해서는 아는 것이 별로 없기에 순수하게 물어봤다.

하지만 천서영은 재중의 질문에 순간 뜨끔해 어색하게 웃더니 변명하듯 말했다.

"저도 정확히는 몰라요. 그냥 듣기로… 5억… 정도라고……."

점점 작아지는 목소리로 대답하면서 재중의 눈치를 살짝 살펴보는 것도 잊지 않았다.

사실 선물받은 스포츠카는 차 값만 5억 원이고 세금과 관세 등을 모두 하면 조금 더 들어갔다.

"음, 비싸네요."

그냥 순수하게 이런 멋진 스포츠카는 얼마나 비싼지 궁금했기에 가격을 듣고 만족한 재중이다.

"저기 재중 씨, 혹시 조금 전에 사용한 것이 기공 무술인가요?"

이대로 차에 대해서 이야기를 계속하다가는 재중의 눈치만 볼 것 같았다.

천서영이 이야기 흐름도 바꿀 겸 조금 전 박태평을 날려 버린 재중의 모습을 생각해 내고는 물어봤다.

"뭐… 비슷한 거예요."

그것도 최대한 힘을 뺀 것이라고 말해봐야 믿지도 않을 테니 그냥 그렇다고 대답한 재중이다.

재중은 현재 이들에게 기로써 치료하는 사람으로 되어 있으니 말이다.

"아, 역시 기공이었군요."

평소에 기라는 것을 믿지 않던 천서영도 자신이 그렇게 살아났으니 당연히 관심을 가지고 나름 공부를 했다.

물론 재중에게 호감이 있는 것도 어느 정도 작용했지만 말이다.

그리고 거기서 기공술이라는 것을 알게 된 것이다.

"혹시 저도 배울 수 있나요?"

조심스럽게 물어보는 천서영의 질문에 재중은 단호하게,

"아니요. 불가능합니다."

라고 말했다.

순간 천서영은 재중이 이렇게까지 단칼에 거절할 줄은 몰랐는지 살짝 당황했다.

"아니… 그냥 궁금했을 뿐이에요. 부담 가지지 마세요."

재중의 입장에서는 나노 오리하르콘과 드래곤의 피로 가지게 된 능력이니 생각할 것도 없이 안 된다고 한 것이다.

하지만 천서영은 왠지 그런 재중의 대답이 내심 섭섭했다.

안 될 것이라고 자신도 어렴풋이 알고는 있었지만 남자가 여자의 그런 질문에 잠깐이라도 생각하거나 고민이라도 해주었으면 하는 욕심이 있었으니 말이다.

Chapter 10
인연의 시작

"멍청한 놈!"

태평그룹 회장실에 앉아서 서류를 살펴보던 박 회장은 비서의 연락을 받고는 순간 화가 치밀어서 자리에서 벌떡 일어섰다.

"한 번도 아니고 두 번이나 얻어맞고 기절해 병원에 실려 가? 허참, 기가 막히는구만."

박 회장은 손자인 박태평이 지금까지 어디 가서 맞아서 기절했다는 말을 들어본 적이 없기에 더더욱 믿어지지가 않았다.

하지만 비서가 확인해 본 결과 병원에 두 시간 간격으로 연달아 기절한 채 구급차에 실려 왔다고 한다.

박 회장은 당장 상태가 어떤지 살펴보라고 지시를 내렸는데 그게 또 이상하기만 했다.

"두 번이나 기절했는데 몸에는 아무런 이상이 없다고?"

"네, 회장님."

"아니, 사람이 기절할 만큼 맞았는데 몸에 전혀 이상이 없다는 게 말이 되나? 응? 어디 한번 말해보게."

멀쩡한 사람이 기절했다고 해도 어딘가 이상이 있게 마련이다.

한 번도 아니고 두 시간을 사이에 두고 연달아 두 번이나 기절해서 실려 왔다면서 병원에서는 아무런 이상이 없다는 소리를 하니 도무지 납득이 가지 않는다.

박 회장이 큰소리쳤지만 비서는 병원에서 보내온 서류를 보여주면서 말했다.

"큰도련님이 병원에 오자마자 병원 측에서도 두 번이나 기절해서 들어온 것이 마음에 걸려 CT 촬영까지 했지만 타박상 하나 없이 멀쩡한 상태라고 이렇게 진단 서류를 보내왔습니다."

"허참, 기가 막히는군. 그보다 평이를 그 모양으로 만든 녀석이 누구야?"

아마추어 복싱 전국체전에 나가 금메달까지 딴 박태평이다.

그런 그가 누구한테 맞아서 하루에 두 번이나 기절했다는 말이 믿어지진 않지만 병원에 실려 간 기록이 있으니 믿을 수밖에 없지 않은가.

결국 박 회장의 화살은 박태평을 기절시킨 재중에게 향했다.

비서는 박 회장이 물어볼 것을 미리 알았는지 바로 재중에 대해서 술술 말하기 시작했다.

"이름은 선우재중, 고아에 나이는 현재 서른세 살입니다. 미화여대 근처에서 카페를 운영하고 있는 있습니다. 나름 미화여대 쪽에서는 유명한 카페라고 합니다."

"폭력으로 집어넣어!"

듣기만 해도 아무런 문제가 없어 보이기에 박 회장은 바로 재중을 폭행으로 고소하라고 비서에게 말했다.

유전무죄 무전유죄가 그냥 생긴 말이 아니다.

까짓것 태평그룹의 이름만 대면 경찰이 알아서 재중을 폭행 가해자로 만드는 것은 식은 죽 먹기보다 쉽다.

그래서 박 회장은 평소처럼 지시를 내린 것이다.

그런데 비서의 표정이 살짝 굳어졌다.

"그것이 좀 어렵게 되었습니다."

"응? 어렵다니? 그놈 배경에 혹시 뭐가 있나?"

재중이 고아라는 말을 들을 때부터 이미 재중에게 뒤집어씌워야겠다고 생각하던 중이다.

박 회장은 비서의 말에 눈꼬리를 살짝 올리면서 물었다.

"현재 천산그룹에서 큰도련님을 고소한 상태입니다."

"뭣? 천 회장 그놈이 평이를 고소해? 뭣 때문에?"

자신과 아주 모르는 사이도 아닌데 천 회장이 박태평을 고소했다는 말에 기가 막혀 물어봤다.

비서가 조용히 다가와 동영상을 틀어서 박 회장에게 보여주었다.

박 회장의 미간이 저절로 찌푸려졌다.

동영상을 보기만 해도 누가 가해자인지 누가 피해자인지 단번에 보일 만큼 박태평의 행동이 노골적이었다.

거기다 두 번째 영상에서 천 회장의 손녀인 천서영을 때리려고까지 한 모습을 보고는 당장이라도 병원으로 뛰어가 박태평을 두들겨 패고 싶은 심정이다.

"증거가 너무나 뚜렷합니다. 거기다 천서영 아가씨를 폭행하려고 한 정황이 너무나 명백하다 보니⋯⋯."

"이, 이, 이, 이 미친놈! 도대체 거기 가서 왜 저런 짓을 했단 말이냐?"

다른 건 몰라도 천서영을 건드렸다는 것은 박 회장으로

서도 어떻게 해보기에 골치 아픈 일이다.

다혈질에 성격이 급해서 주먹이 먼저 나가는 녀석이긴 하지만 최소한 사리 분별은 한다고 생각했었다.

자신의 판단이 얼마나 바보 같았는지 느끼게 된 박 회장이다.

박 회장은 도대체 박태평이 왜 그 시간에 천산그룹을 찾아가서 이런 난리를 쳤는지 물었다.

"그게… 본래 큰도련님께서 커피전문점 프랜차이즈를 계획하고 있었습니다. 때마침 브라질에서 커피로 시작해 업계 1위에 있는 시우바그룹의 회장과 미팅이 잡혀 있었습니다만……."

말을 살짝 흐리는 비서의 모습에 박 회장은 바로 눈치챘다.

"미팅이 깨졌거나 아니면 없던 일이 되었군."

"그렇습니다. 먼저 시우바그룹 쪽에서 미팅 제의가 와서 잡았는데 돌연 그쪽에서 일방적으로 미팅을 없던 일로 하자고 해 큰도련님이 직접 천산그룹으로 가신 듯합니다."

"멍청한 놈. 그런 놈이 태평그룹의 장남이라니, 허참."

비즈니스 사회에서 미팅이 깨지는 것은 흔한 일이다.

계약을 했다가도 파기하는 경우도 심심치 않게 일어나는 곳이 바로 이 바닥이 아닌가?

태평그룹에서 태어나 자란 박태평이 그걸 모를 리가 없다.

하지만 박 회장도 어렴풋이 느끼고는 있었다.

박태평이 박태형에 밀려 입지가 거의 막다른 곳까지 몰려 있다는 것을 말이다.

하지만 거기에 굳이 박 회장이 관여할 생각은 없었다.

냉혹한 이 사회에서 능력 있는 놈이 위에 서는 것은 당연한 일이니 말이다.

박 회장 자신도 장남이 아니라 셋째지만 능력을 인정받아 그룹을 물려받았기에 형제간의 권력 싸움은 너무나 당연한 일이다.

하지만 박태평은 이번에 너무나 큰 실수를 하고야 말았다.

가뜩이나 천 회장이 천서영을 아낀다는 것은 재계에서 이미 아는 사람은 다 아는 이야기가 아닌가?

거기다 최근 암 투병으로 죽어가다 기적적으로 치료되어 살아난 천서영에게 손찌검을 하려고 했다니 천 회장이 가만있을 리가 없었다.

"변호인을 꾸려서 우선 조용하게 합의를 보는 것으로 진행 중에 있습니다."

"못난 놈……!"

천서영과의 약혼을 일방적으로 파기한 것 때문에 가뜩이나 불편한 사이인 천 회장이다.

이번 일로 정말 서로 불편한 관계가 명확하게 드러나 버린 것이나 마찬가지기에 박 회장은 생각에 잠겼다.

사실 천산그룹은 전자 쪽과 수출에 튼튼한 기반을 두고 있고, 자신의 태평그룹은 식품 쪽으로 사실상 국내 1위나 마찬가지이기에 서로 딱히 부딪칠 일은 없었다.

하지만 국내 기업들의 사정을 살펴보면 서로 전문 분야가 다르다고 사이가 나빠서 좋을 게 하나도 없는 게 사실이다.

박 회장이 굳이 박태평과 천서영을 맺어주려고 했던 것도 모두 천산그룹은 식품 쪽으로, 태평그룹은 전자제품 쪽으로 서로 진출할 수 있는 기본적인 베이스를 만들기 위해서였다.

물론 천서영의 갑작스런 암 투병으로 결국 없던 일이 되었지만 말이다.

"최대한 화해를 하도록 하고, 천 회장에게는 내가 직접 전화할 테니 나머지는 알아서 하도록."

"네, 회장님."

비서에게 어쩔 수 없이 지시는 내렸지만 천 회장에게 자존심을 굽혀야 한다는 것이 못내 내키지 않는 박 회장이다.

"그리고 이건 저의 판단입니다만, 천산그룹 쪽에서 선우 재중이라는 사람을 감싸고도는 듯합니다."

"응? 감싸고돌다니? 그 천 회장이?"

비즈니스에 관해서는 찔러도 피 한 방울 나오지 않을 것 같은 냉혈한이 바로 천 회장이다.

그런데 그런 천 회장이 겨우 고아에 카페를 운영하고 있는 재중을 감싸고돈다니?

박 회장이 비서의 말에 눈빛을 차분하게 가라앉히면서 물어봤다.

"천산그룹에서 정식으로 저희에게 항의한 것이 서영 아가씨 때문이 아니기 때문입니다."

"오호~"

"폭행으로 고소를 한 것이 첫 번째 사건인 것을 감안하면 저의 판단은 천 회장이 선우재중이라는 남자를 감싸고돈다고밖에 생각할 수 없습니다. 거기다 여러 가지 정황을 조합해 본 결과 시우바그룹과 천산그룹 간에 계약이 이뤄진 것 같은데 거기에 선우재중이라는 남자가 포함된 것으로 확인되었습니다."

"응? 시우바그룹과 천산그룹의 계약에… 포함되었다……. 뭔가 이상한데?"

박 회장도 비서의 말을 듣고서야 자신이 모르는 무언가

가 움직이기 시작했다는 것을 눈치챘다.

이미 천산그룹 쪽에서 커피전문점 프랜차이즈를 시작하려고 한다는 것은 박 회장도 알고 있는 사실이다.

박태평과 천서영의 약혼이 깨어지면서 조금 늦어지긴 했지만 천산그룹에서는 이미 몇 년 전부터 계획하고 있던 일이다.

그런데 시우바그룹과 천산그룹 간의 거래라면 상당히 큰 거래일 것이 뻔하다.

시우바그룹은 커피 생산으로는 브라질에서 1위를 달리고 있고, 브라질 자국 내 소비만으로도 기업을 운영하는 데 문제가 없을 만큼 탄탄한 기업이다.

그런 시우바그룹의 시우바 회장이 직접 한국에 왔다는 것도 사실 박 회장은 조금 전 보고를 듣고서야 알았다.

박태평이 자신이 계획을 성공시킨 것으로 하기 위해서 보고를 늦게 올린 때문도 있지만 시우바 회장이 조용히 입국한 것도 어느 정도는 영향이 있었다.

커피 사업에 진출하려는 천산그룹과 세계에서 커피 생산량의 25%를 담당하는 브라질 기업이 만나서 계약했다면 당연히 작은 규모가 아닐 것이다

그런데 그곳에 선우재중이라는 고아에 그저 미화여대 쪽에서 카페를 운영하는 평범한 녀석이 포함되었다는 것은

아무리 생각해도 쉽게 납득이 가지 않는다.

비서를 슬쩍 쳐다보자,

"아직 어떤 계약이 오갔는지는 파악이 되고 있지 않습니다. 사실 시우바그룹과 천산그룹 간에 계약이 있었다는 것도 큰도련님의 돌발행동이 없었다면 저희도 몰랐을 겁니다."

"흐음, 그렇단 말이지."

확실히 박태평이 사고를 크게 치긴 했지만, 비서의 보고를 들어보면 사고만 친 것은 아닌 듯했다.

하지만 우선 천산그룹에 어느 정도 성의는 보여야 하는 상황인 것은 변함이 없다.

잠시 고민하는 듯 눈을 감은 박 회장이 결정을 내렸다.

"평이 녀석 퇴원하면 중국으로 잠시 보내."

"알겠습니다, 회장님."

태평그룹에서 박 회장의 지시는 절대적이었다.

거의 법이라고 해도 과언이 아닐 만큼 그룹 내 지배력이 강하다.

비서는 일말의 의문도 없이 대답하고는 나갔다.

하지만 비서가 나가고 조용해진 회장실에 앉아 있던 박 회장은 손가락을 까딱거리면서 생각에 잠겼다.

"음, 시우바그룹과 천산그룹 간에… 무슨 계약이 오갔을까? 거기에 카페나 운영하는 녀석이 끼어들었다……. 뭔가 냄새가 나는데…….”

기업인으로서의 감각이 지금 박 회장에게 신호를 보내고 있었다.

그런 신호를 정확하게 캐치할 줄 아는 박 회장이었기에 고민 중이다.

우연히 박태평이 사고를 쳐서 알게 된 사실이지만 왠지 계속 신경이 쓰인 것이다.

얼마간 생각하던 박 회장이 결국 인터폰을 누르고 명령을 내렸다.

“천산그룹과 선우재중이라는 녀석의 관계를 알아봐.”

“넷, 회장님.”

결국 박 회장은 모든 궁금증의 열쇠를 쥐고 있는 것은 재중이라는 판단을 내리고 조용히 지시를 내렸다.

“뭐… 금방 알게 되겠지.”

자신의 그룹에서서 운영하는 정보력이 다른 곳에 비해 결코 뒤떨어지지 않는다는 것을 잘 안다.

박 회장은 우선 기다리기로 했다.

과연 천 회장이 무슨 꿍꿍이를 가지고 있는지 말이다.

만약 천산그룹이 커피 프랜차이즈 사업을 시작하면 이미 커피전문점 프랜차이즈 사업을 하고 있는 태평그룹으로서는 불가피하게 서로 경쟁을 할 수밖에 없다.

물론 식품 쪽으로 그동안 쌓아온 노하우가 있기에 크게 걱정하지는 않지만 사업이라는 것이 방심하는 순간 언제 어디서 뒤통수를 칠지 모르는 것이기에 최대한 준비하는 것이다.

* * *

쿵!!

"까악!"

덥석!

순간적으로 천서영의 몸이 앞으로 튕기는 것을 재중이 손을 뻗어 어깨를 잡아주었다.

안전벨트를 하긴 했지만 갑작스럽게 뒤에서 부딪치는 충격으로 몸이 크게 튕길 뻔했다. 다행히 재중이 정확한 타이밍에 어깨를 잡아주어 천서영은 살짝 놀란 것 외에는 전혀 이상이 없는 상태이다.

"고마워요, 재중 씨."

천서영이 자신의 어깨를 가로질러 잡고 있는 든든한 재중의 팔을 느끼면서 인사했다.

"별말씀을. 그보다… 아무래도…….."

재중은 조금 전 천서영이 강변도로 쪽으로 차선을 바꿀 때 따라서 차선을 바꾸던 검은색 차가 신경이 쓰였었다.

아니나 다를까, 천서영의 차가 차선 변경을 마칠 때쯤 갑자기 뒤에서 들이받은 것이다.

'노렸군.'

누가 봐도 천서영의 차를 노리고 뒤에서 들이받은 상황이다.

이어 기다렸다는 듯 뒤차에서 네 명이 동시에 내리더니 하나같이 뒷목을 부여잡고 나타났다.

"아, 목이야. 어쩔 거야?"

"이런 미친! 차만 좋으면 다야? 차가 좋으면 사람 막 치고 다녀도 된다 이거네?"

"어서 나와! 어디 어떤 년인지 얼굴이나 보자!"

얼굴에 흉터는 기본이고 싸늘한 날씨에도 약속이나 한 듯 민소매 티를 입고 있는 녀석들이다.

드러난 팔뚝에 용, 부처님, 호랑이, 피카츄 등등이 알록달록하게 그려져 있는 게 이미 그들 자체만으로도 상대를 압도하기에 충분한 모습이다.

"어떡하지. 어떡하지. 할아버지께 전화를 걸어야……."

떡대 네 명이 고래고래 소리치면서 천서영이 앉아 있는 운전석으로 다가와 선팅이 된 창문을 두들겨 댔다.

당황한 천서영은 가방에서 휴대폰을 꺼내 전화를 걸려다가,

"앗!"

탁탁탁.

그만 떨어뜨려 버렸다.

"아, 어떻게 해. 어떻게 해……."

천서영은 사고 자체를 처음 당해보는 건지 결국 눈물을 글썽거리면서 재중을 쳐다봤다.

"잠시만 앉아 있어요."

별수 없이 재중이 안전벨트를 풀고는 차 문을 열고 내렸다.

"응? 뭐야? 남자가 있었어?"

"뭐야? 혼자가 아니잖아?"

사실 천서영의 미모도 미모지만 천산그룹의 손녀라는 위치 때문에 사람들의 시선을 의식하기 싫어서 선팅을 진하게 한 상태였다. 때문에 녀석들이 차 안을 확인하는 것은 불가능했다.

그런데 녀석들이 정확하게 천서영, 아니, 여자가 운전하는 차라는 것을 알고 따라온 것이다.

재중이 조수석에서 내리자마자 보인 녀석들의 반응으로 재중의 의심은 확신이 되었다.

"야! 운전을 어떻게 하길래 갑자기 급브레이크를 밟아? 우리 차 어쩔 거야? 응? 어쩔 거냐고?"

"아주 씹어서 사발째 마셔 버릴라!! 어쩔 거냐고? 우리 목 디스크 나갔으면 어쩔래!!"

"아욱! 벌써 허리가……. 아, 다리에 힘 빠진다. 마비가……."

팔뚝에 용 문신을 한 녀석은 목을 붙잡고 하늘을 쳐다보면서 고함치고 있고, 피카츄 문신을 한 녀석은 갑자기 다리에 마비가 온다면서 풀썩 주저앉기까지 한다.

그 모습을 가만히 지켜본 재중이 한마디 했다.

"지랄들 하네."

전형적인 자해 공갈단 녀석들의 모습에 기가 찬 것이다.

천서영에게는 녀석들의 협박이나 자해 공갈이 통할지도 모른다.

하지만 어린 시절 길거리 생활로 별의별 것을 다 보고 자란 재중에게는 웃음밖에 나오지 않는 수준의 연기일 뿐이다.

"야!! 어떻게 할 거야? 응? 우리 다 병신이 되면 니가 책임질 거야? 질 거냐고!!"

무조건 큰소리치면서 윽박지르는 걸로 재중의 앞에 서서 협박한다.

녀석들은 재중이 가만히 쳐다보고만 있자,

'오, 예~ 저놈 먹혀들었다.'

'왕창 뜯어내자.'

서로 눈빛 교환으로 자신들의 연기가 먹혀들었다고 판단한 듯했다. 이제는 대놓고 도로에 벌러덩 드러누워서는 뒹굴기 시작했다.

"나 죽네!! 나 죽어!!"

"돈 많으면 다냐!! 나 죽네, 나 죽어!!"

녀석들의 추태를 가만히 지켜보던 재중이 더 이상 지켜보다가는 아주 발가벗고 차 위에 드러누울 것 같아서 한숨을 쉬었다.

"병신이라……. 그럼 병신이 되어보면 알겠네?"

그 말을 끝으로 가장 가까이에 드러누워서 뒹구는 녀석의 목덜미를 움켜잡아 번쩍 들었다.

"헉! 뭐, 뭐야?"

살짝 마른 체형의 재중의 몸 어디에서 그런 힘이 나는지 모를 일이다.

재중에 들어 올려진 녀석은 100kg도 넘는 자신이 한 팔로 번쩍 들어 올려진 것에 당황해 자신도 모르게 말을 더듬었다.

그런데 재중이 집어 든 녀석을 가만히 내려놓는 게 아

닌가?

보기에는 그렇게 보이겠지만 사실 그냥 내려놓은 것은 아니었다.

잡고 있는 손을 통해 나노 오리하르콘을 녀석의 목에 집어넣어 척추를 지나는 신경을 나노 오리하르콘으로 압박해 버렸다.

사람의 모든 신경이 지나가는 척추는 당연히 연결되어 있는 목뼈로 이어져 있었다.

그리고 그중에 가장 핵심적인 신경들만 나노 오리하르콘이 강하게 눌러 압박해 버린 것이다. 자르진 않았다.

신경이 눌리면 당연히 움직이지 못한다.

반신불구가 생기는 것도 척추의 신경이 끊어지거나 눌려서 생기는 것이니 말이다.

"뭐, 뭐야?"

혹시라도 집어 던질까 봐 겁을 먹었던 녀석이지만 재중이 너무나 살며시 자신을 내려놓자 다른 생각이 들 수밖에 없었다.

혹시라도 자신들이 다치면 치료비부터 시작해 법적인 일 등의 문제가 될까 봐 그냥 두는 것으로 생각하곤 기죽었던 것이 다시 되살아나기 시작했다.

"야!! 이 새끼가 힘 자랑하냐!! 내가 다치지만 않았어도 너 따위는 한 방이야, 한 방!"

그러면서 뒤돌아가는 재중을 향해 삿대질을 하려고 했다.

그런데 그때였다.

녀석이 뭔가 이상하다고 느낀 것이 말이다.

"뭐야? 내 팔이… 왜 안 움직여?"

처음에는 삿대질을 하려고 했던 팔이 전혀 반응이 없고 마치 없는 것처럼 느껴지기에 이상하다고 생각했다. 그런데 팔뿐만이 아니라 허리도, 다리도 전혀 감각이 없는 것이다.

"뭐야? 어떻게 된 거야?"

지금까지 병신 연기를 그렇게 많이 했지만 정말 목 아래 부분이 감각은커녕 아무런 느낌이 없었던 적은 없었다.

결국 녀석이 당황하기 시작했는데, 녀석뿐만이 아니었다.

"혀, 형님, 저도 이상해요."

바닥에 드러누워 뒹굴던 녀석에게 재중이 잠깐 목덜미에 손가락을 한번 대었을 뿐인데 그때부터 녀석도 목 아래 부분의 감각이 느껴지지 않는 것이다.

당황한 녀석은 눈앞에 보이는 용 문신에게 말했지만 이미 용 문신도 제정신이 아니었다.

"내… 몸이 왜 이래!! 내 몸이 왜 이래!!"

"으악!! 팔이 안 움직여!!"

"형님, 저도 이상해요! 다리에 감각이 없어요!"

조금 전까지 윽박지르듯 소리치면서 난리치던 것과 달리 이번에 녀석들의 입에서 튀어나온 것은 절규에 가까운 진심 어린 외침이었다.

그런 녀석들을 가만히 바라본 재중이 미소를 지으면서 말했다.

"어때, 병신이 된 기분이?"

"…저… 그게… 잘못했습니다. 제발… 제발……."

어떻게 된 건지 이유는 알지 못했지만 분명히 눈앞에 있는 재중이 목을 움켜잡고 나서 자신이 이 모양이 되었다.

용 문신 녀석은 무작정 빌기 시작했다.

하지만 녀석들의 울부짖음을 들은 재중은 오히려 웃으면서,

"여자가 운전한다는 건 어떻게 알았냐?"

차분하면서도 조용한 목소리로 질문을 시작했다.

"그게…아까 톨게이트 지날 때 표를 끊는 것을 보고… 여자 손이기에……."

"아……."

재중은 선팅이 진한 차 안의 사람이 여자라는 것을 어떻

게 정확하게 알고 따라와서 자해 공갈을 치는지 궁금했었다.

알고 보니 톨게이트에서 티켓을 끊는 아주 잠깐 동안 내민 손을 보고 여자라고 판단하고 일부러 들이받은 것이다.

"기가 막히는구만. 그럼 이런 식으로 몇 명한테나 했어?"

"덜덜덜… 그게 100명… 조금… 넘습니다."

겁에 질려 떨면서 대답하는 용 문신 녀석이다.

그런데 재중의 눈에 녀석의 몸에서 풍기는 오라가 거짓과 오만을 뜻하는 색이 나타는 게 보였다.

재중이 작게 한숨을 쉬더니 말했다.

"평생 이렇게 살래?"

"아, 아, 아닙니다! 제발 살려주십시오! 제발 살려주십시오!"

"몇 명이야?"

"…200명… 이후는 기억이 나지 않아서……."

"많이도 해먹었구만. 나 참."

여자만 골라서 200명 넘게 협박해서 합의금 명목으로 돈을 받아 챙겼다는 말이다.

거기다 보험사를 부른다고 하면 윽박지르고 협박해서 보험이라는 말 자체를 꺼내지도 못하게 하는 게 이런 녀석들의 전형적인 방법이다.

재중은 목 아래가 마비된 녀석들의 목덜미를 쥐고 하나씩 갓길에 차례대로 앉혀놓았다.

그리고 녀석들을 쳐다보면서 말했다.

"여기서 선택해라. 완전 병신이 될래, 아니면 반만 병신이 될래?"

"네? 그게 무슨 말씀이십니까?!"

"반병신이라니요! 안 됩니다! 살려주세요!"

마늘하늘에 날벼락 같은 재중의 말에 용 문신과 피카츄 문신을 한 녀석이 기겁해 소리쳤다.

"너희 둘은 그냥 이대로 살아라."

그 말을 끝으로 재중이 나머지 호랑이 문신과 부처님 문신을 한 녀석들의 목뒤에 살짝 손가락만 댔다가 뗐다.

"헉! 팔이 움직여."

"난, 난 다리가 움직여."

놀랍게도 재중이 손가락만 살짝 목에 가져다 댔을 뿐인데 호랑이 문신과 부처님 문신을 한 녀석은 곧바로 자리에서 일어섰다.

그런데 어째 서 있는 둘의 모습이 이상했다.

"왼쪽만… 움직여."

"난… 오른쪽만 움직여."

마치 중풍에 걸린 사람처럼 부처님 문신은 왼쪽팔과 다

리가 굳어버린 듯 딱딱해져 있고, 호랑이 문신은 반대로 오른쪽 팔과 다리가 굳어진 채 딱딱해져 버린 것이다.

하지만 그래도 목 아래가 완전히 감각이 사라져 꿈쩍도 못하던 방금 전을 생각하면 그것도 감사한가 보다.

놈들은 눈물을 흘리면서 재중을 향해 고개를 숙여 인사하더니 슬슬 뒷걸음질 치기 시작했다.

자신들의 차가 있는 쪽을 향해서 말이다.

"저, 저희도 제발 반병신이라도 좋습니다."

"제발 살려주세요. 살려주세요."

이대로 자신을 버려두고 동생들이 가버릴 것이 겁이 난 용 문신과 피카츄 문신 녀석은 반병신이라도 좋으니 제발 살려달라고 애원했다.

그러자 재중은 조금 전 녀석들과 똑같이 풀어주었다.

"감사합니다."

"감사합니다."

몸이 움직인다는 것만으로도 마치 세상의 모든 것을 다 가진 듯 기쁨의 눈물을 흘리면서 서둘러 부처님 문신과 호랑이 문신이 있는 차로 가더니 혹시라도 재중의 마음이 바뀔까 싶은지 곧바로 도망치듯 사라져 버렸다.

"크크크큭, 과연 감사할까?"

재중은 이미 가버린 녀석들을 향해 혼자만의 미소를 지

었다.

재중이 천천히 다시 차 안으로 돌아와 앉자 천서영이 다급히 물었다.

"어, 어떻게 된 거예요?"

혹시나 재중이 무슨 일이라도 당할까 봐 조마조마한 마음으로 지켜보던 천서영이었다.

재중이 녀석들을 갓길로 데리고 가 뭐라고 말하자 갑자기 인사하고는 사라지는 자해 공갈단 녀석들의 모습에 도대체 뭐가 어떻게 된 건지 영문을 알 수가 없었다.

의아해 고개만 갸웃거리다가 재중이 차 안으로 들어오자 바로 물어본 것이다.

"글쎄요. 그냥 자신들이 안전거리 못 지켜서 미안하다면서 가던데요?"

"네?"

얼렁뚱땅 넘기려는 듯한 재중의 대답에 천서영은 갑자기 생각난 듯 웃으며 말했다.

"쿠쿠쿠쿳, 쿠쿠쿠쿳, 농담도 진짜……. 기공술 썼죠? 그렇죠? 그러니까 저 덩치 큰 사람들이 힘도 못 써보고 도망가죠. 그렇죠?"

"…뭐… 그렇다고 해두죠."

이제는 재중이 하는 모든 것을 기공술로 생각하기 시작

한 천서영의 모습에 굳이 애써 변명하기 귀찮은 재중이 대충 대답해 버렸다.

"역시 기공술은 대단하구나. 아, 나도 배울 수만 있으면 진짜 좋을 텐데……."

조금 전 재중이 단칼에 안 된다고 거절하긴 했다.

하지만 방금처럼 커다란 떡대 네 명이 힘은커녕 오히려 죄송하다고 사과하고 도망치는 모습을 보게 되자 천서영에게 기공술은 힘이 약한 여자가 꿈꾸는 환상 같은 것이 되어 버렸다.

다만 환상과 다른 것이 있다면 소설이나 영화 속의 이야기가 아니라 천서영의 바로 옆에 그런 기공술을 사용하는 재중이 실제로 있다는 것이지만.

그리고 천서영은 녀석들이 사과만 하고 무사히 도망간 것으로 생각했지만, 재중은 녀석들의 몸 반쪽을 병신으로 만들어 버렸다.

물론 지금까지 녀석들이 한 짓을 생각하면 너무나 가벼운 처벌이었다.

재중의 성격상 이대로 풀어준 것이 뭔가 이상하다고 느낄 만큼 말이다.

─마스터, 제가 조용히 처리하겠습니다.

재중의 심기를 건드렸다는 것만으로도 흑기병에게는 녀

석들이 죽어야 하는 이유가 충분하다. 흑기병이 움직이려고 하자 재중이 만류했다.

'아니야. 놔둬.'

―다른 피해자가 생길 수도 있습니다, 마스터.

'알아. 어쩌면 반신불수가 된 몸을 이용해서 다시 자해 공갈을 할 수도 있겠지. 하지만 과연 녀석들에게 그럴 정신이 있을까?'

의미심장한 미소를 지어 보이면서 말을 흘리는 재중의 모습에 흑기병은 잠시 생각하는 듯 말이 없다가,

―…마스터, 녀석들을 고자로 만드셨군요.

남자에게 가장 큰 고통을 주는 벌이 무엇이겠는가?

당연히 남자로서의 기능을 상실하는 것이다.

거기다 녀석들은 모두 20~30대이다.

보통 남자들은 그 나이에 가장 남자로서 힘을 활발하게 사용할 때고, 가장 사고도 많이 치는 나이이기도 하다.

그런데 그런 녀석들을 고자로 만들어 버렸다면?

정신적 데미지가 상당할 것은 당연했다.

그리고 그 증거로 재중에게 도망친 녀석들은 불과 며칠 뒤에,

"말도 안 돼!! 서질 않아!!"

"형님, 저도… 저도 안 서요. 서질 않아요."

"빌어먹을!! 내가… 내가 고자라니!!"

어느 이름 없는 모텔에서 남자 네 명이 단체로 밤새도록 자신이 고자라고 외쳤다고 한다.

물론 고성방가로 경찰이 출동해 유치장에 들어갔지만, 유치장 안에서도 마치 주문을 외우듯 끊임없이,

"내가 고자라니… 내가 고자라니… 하하, 하하하!"

라고 주변 사람들에게 말하고 다녔다.

몸이 반신불수가 된 것보다 남자구실을 영원히 하지 못한다는 것이 그들에게는 더욱 지옥 같은 처벌이었다.

Chapter 11
접근

"그럼 조심해서 가세요."

재중이 카페로 들어가는 골목 입구에서 내리면서 인사했
다.

천서영은 대답 대신 가만히 재중을 쳐다보다가 조심스럽
게 물었다.

"정말 기공술… 저 못 배우나요?"

역시나 조금 전 사고 때문에 미련을 버리지 못하는 천서
영에게 재중은 단호하게 고개를 끄덕이면서 대답했다.

"절대로 배우지 못합니다."

"하아, 정말… 재중 씨는 여자를 대하는 방법부터 배우셔야겠어요."

세상에 여자한테 저렇게 칼같이 잘라 말하는 남자가 또 있을까 하는 생각이 드는 천서영이다.

물론 재중이 본래 저런 성격인 것은 알고 있다.

하지만 매번 저런 재중의 대답을 들을 때마다 이상하게 재중에게 호감이 생기는 자신을 도무지 이해할 수가 없었다.

"그럼 이만."

재중이 그대로 뒤도 돌아보지 않고 골목으로 사라지는 모습을 지켜본 천서영은 차를 출발시킬 생각조차 하지 않고 가만히 앉아서 곰곰이 생각했다.

순간 천서영은 의심이 들었다.

"설마… 내가 나쁜 남자 스타일에 약한 건가?"

사실 전에 약혼했던 박태평도 보면 나쁜 남자에 가까웠다.

물론 태평그룹의 장남에 집안이 빵빵하고 자신도 천산그룹의 손녀이기에 딱히 박태평에게 기가 죽거나 하는 것은 없었다.

그래서 자신이 나쁜 남자에게 약한 스타일이라고는 생각해 본 적이 없다.

하지만 재중을 만나면서 심각하게 생각할 수밖에 없었다.

누가 봐도 재중은 자신에게 관심조차 없다는 것을 알 수 있다.

그런데 어떻게 된 것이 자신은 재중이 무관심하면 할수록 점점 호감이 깊어지는 것이다.

"아닐 거야. 나쁜 남자한테 약하다니… 내가… 절대로 그럴 리 없어."

스스로 생각해도 기가 막힌다는 듯 한숨과 함께 애써 부정했지만, 역시나 재중이 자신에게 조금만 따뜻하게 대해주면 참 좋겠다는 생각이 계속 뇌리에서 떠나질 않는 자신을 되돌아보는 천서영이다.

재중은 골목을 돌아 카페를 향해 발걸음을 옮기다가 돌연 멈추더니 그 자리에 잠시 동안 서 있었다.

그러다 조용히 입가에 미소를 띠더니,

"이제 그만 나오지 그래?"

라고 말하는 것이 아닌가?

골목은 이미 사람의 발길이 끊어진 상태였고 가로등도 희미하게 비추는 곳이다. 사람이라고는 재중이 유일했다.

그런데 놀랍게도 재중의 말을 들은 것일까?

재중의 맞은편 어둠 속에서 검은 복면으로 눈을 제외하고는 모두 감싼 모습의 사람이 천천히 모습을 드러냈다.

"이런, 이런. 제가 들키다니. 역시 제 판단이 맞았나 보군요."

어둠 속에서 나타난 것만 봐도 은신술이 굉장한 수준에 오른 녀석인 것은 분명했다.

하지만 재중은 그런 것보다 녀석이 자신 앞에 나타난 것이 오히려 재미있다는 듯 입가에 미소를 지었다.

"무슨 용무지?"

앞뒤 다 잘라 버리고 질문하는 재중의 모습에 복면인은 혀를 찼다.

"허어, 그렇게 성미가 급해서야 어떻게 사업을 하시겠습니까?"

마치 구렁이 100마리를 몸속에서 키우는 듯 뻔뻔한 녀석의 모습에 재중의 미소가 조금씩 진해지더니,

"살고 싶나, 아니면 죽고 싶나?"

섬뜩!

순식간이다.

재중의 몸에서 풍기는 분위기가 갑작스럽게 바뀌더니 갑자기 복면인의 몸을 죄여오듯 살기가 사방에서 압박하기 시작한 것이다.

"허허허, 이렇게 감정적으로 대하지 말아주셨으면 합니다. 그저 저는 제가 모시는 분들의 말씀을 전해 드리려고 온 것뿐이니 말입니다."

복면인은 가능하면 아무렇지 않게 말하고는 있지만 이미 재중의 살기로 인해 등이 축축하게 젖어들고 있는 중이다.

"말해봐."

복면인의 말이 먹혀든 것일까?

순식간에 그를 압박하던 살기가 수그러들기 시작했다.

이때가 기회라고 느꼈는지 그가 입을 열기 시작했다.

"제가 모시는 분들께서 걱정하고 계십니다. 선우재중 씨가 혹시나 저희들을 적대하는 것은 아닐까 하고 말입니다."

"적대? 크크크크큭, 크크큭."

복면인은 웃음과 함께 다시 살기가 진해진다는 것을 느꼈는지 황급하게 입을 열었다.

"오해하지 마십시오. 그저 그렇게 생각을 하고 있다는 것뿐이니 말입니다."

복면인은 또다시 재중의 그 지독한 살기를 느끼기 싫었는지 적절하게 대화를 하는 걸로 살기를 막아보려 했다.

하지만 재중은 그런 것은 상관없다는 듯 무심히 말했다.

"용건만 말해라."

"역시… 성격이 급하시군요. 뭐, 간단합니다. 선우재중 씨는 저희를 적대하십니까?"

재중이 단도직입적으로 물어보자 복면인도 재중의 성격에 맞춰서 바로 자신의 목적을 물었다.

상대를 봐가면서 대화를 풀어나가는 것이 특기인 복면인은 몇 마디와 함께 그동안 지켜본 걸로 재중의 성격을 확실하게 파악한 것이다.

이런 성격에게 둘러서 말하거나 말을 길게 하는 것은 오히려 긁어 부스럼 만드는 꼴이다.

그래서 똑같이 가능하면 짧게 자신이 해야 할 말만 했다.

"나를 건드린 건 너희가 아니었나?"

검예가의 가주를 치료했다는 이유로 재중을 처리하려고 했던 것이 바로 복면인이다.

그걸 재중이 정확하게 짚어서 이야기하자 바로 변명을 한다.

"이런, 그건 서로 간에 오해가 약간 있는 듯합니다. 저희도 굳이 선우재중 씨를 적으로 둘 생각이 없습니다. 이건 제가 모시는 분들의 생각이기도 합니다."

"훗, 웃기는군. 덤벼들 때는 언제고 이제 와서 적이 아니라니……."

섬뜩!

또다시 재중의 몸에서 살기가 뿜어져 나와 복면인을 압

박하기 시작했다.

조금 전과는 위력이 다른 살기로 말이다.

"크읍."

복면인도 이번 살기는 감당하기에 벅찼는지 신음 소리를
냈다.

하지만 의외로 두 발로 서서 재중의 살기를 버티고 있는
모습이다.

"난 네놈들이 누군지, 네놈이 모시는 녀석들이 누군지 관
심 없다. 하지만 걸어온 싸움은 피하지 않는다."

"하하하, 그럴 리가 있겠습니까? 오늘은 그저 선우재중
씨에게 저희가 적이 아니라는 것을 알려 드리기 위해서 왔
을 뿐입니다."

"후후후훗."

살기의 압박이 굉장할 텐데도 복면인의 할 말을 다 하는
모습에 재중이 작게 웃으면서 살기를 거둬들였다.

"휴우, 정말 당신은… 무서운 분이군요."

지금 이 말은 정말 재중을 몸소 겪은 복면인이 진심으로
하는 말이었다.

복면인도 지금까지 수많은 싸움터를 다녀봤고, 살인도
많이 했다.

하지만 단언컨대 재중의 몸에서 뿜어져 나오는 살기는

차원이 달랐던 것이다.

일반적인 살기가 상대를 죽인다는 압박감에서 나오는 것이라면, 복면인이 겪은 재중의 살기는 마치 보이지 않는 커다란 살기의 쓰나미가 자신의 몸을 집어삼켜서 꽁꽁 묶어버리는 느낌이었다.

그렇기에 복면인은 진심으로 재중이 무서워지기 시작했다.

"…나에 대해서 어떻게 알았지?"

재중은 복면인이 자신 앞에 나타났다는 것 하나만으로도 자신의 정체를 녀석이 어느 정도 알고 있다고 판단했다.

"사실 좀 힘들긴 했지만, 저기 하늘 위의 감시위성의 힘을 조금 빌렸습니다만… 혹시라도 기분이 나쁘시더라도 용서하시길 바랍니다."

"……."

지금은 21세기다.

자동차용 블랙박스가 흔하게 돌아다니고 스마트폰으로 컴퓨터를 대신해서 검색이 가능한 시대이다.

그런 시대에 인공위성을 통한 감시가 허술할 리 없었다.

다만 인공위성, 아니, 정확하게는 감시위성까지 이용할 것이라고는 정말로 생각지도 못했다.

그리고 그 말은 흑살 녀석들을 잡을 때 인공위성으로 모두 지켜봤다는 말이나 마찬가지다.

물론 손해만 본 것은 아니다

방금 그 말로 복면인의 주인이 감시위성까지 마음대로 이용하는 위치에 있다는 것은 확인했으니 말이다.

"위성이라……. 한 방 먹었군."

재중이 나직하게 중얼거리자 복면인은 복면 속에서 미소를 지었다.

물론 보이진 않았지만 말이다.

"가서 전해라. 건드리지 않는다면… 적도 뭣도 아니니까 말이야."

사실 딱히 복면인 녀석들과 트러블을 일으키고 싶진 않았다.

그렇지 않다면 군이 검예가의 가주를 강하게 해서 방패막이로 세우지 않을 테니 말이다.

복면인도 재중이 소극적으로 최소한의 방어만 하는 모습에 자신들과 적대하고 싶지 않다는 것은 느끼고 있는 듯했다.

그 증거로 혹살 이후로 너무나 조용해진 상태이니 말이다.

"그 부분은 더 걱정하지 마십시오. 더 이상 저희는 재중 씨에게 관심을 두지 않을 테니 말입니다. 하지만… 혹시 검예가가 무너진다면… 어떻게 하시겠습니까?"

복면인은 안심하라는 듯 말하면서도 재중의 눈을 똑바로

쳐다보면서 검예가가 무너진다는 조금은 충격적인 이야기를 했다.

하지만 재중은 오히려 피식 웃으면서 대답했다.

"무슨 상관이지?"

흔들림 없는 눈동자, 거기다 진심이 담긴 말투다.

그리고 그 말이 복면인에게는 대답을 대신했기에 답을 들은 복면인은 재중을 향해 고개를 숙여 인사했다.

"잘 알겠습니다. 제가 모시는 분들께서도 흡족해하실 겁니다."

복면인이 그렇게 말하면서 발걸음을 돌려 어둠 속으로 들어가려 하는데 재중이 다시 입을 열었다.

"만약에 다시 한 번 나의 근처로 다가온다면… 태어난 걸 후회하게 해주지."

말은 평온하게 했지만 방금 재중의 말에서 복면인은 느낄 수가 있었다.

진심이라는 것을 말이다.

하지만 복면인도 지지 않겠다는 듯 말했다.

"대신 선우재중 씨도 저의 뒤를 밟는 행동은 삼가주시기 바랍니다. 전 어디까지나 평화롭게 대화를 하기 위해 찾아왔을 뿐이니까요."

그러면서 고개만 슬쩍 돌려 재중의 뒤쪽 어둠을 날카롭

게 쳐다보는 것이 아닌가?

재중이 그런 복면인의 모습에 웃으면서 손을 뻗어 흑기병을 막았다.

흔들!

흑기병은 재중이 막자 별수 없이 그림자에서 나가려던 것을 그만두었다.

하지만 복면인이 재중의 그림자에 있는 흑기병의 존재를 느꼈다는 것은 조금은 흥미로운 일이다.

"혹시라도 저희의 힘이 필요하시다면 불러주십시오."

복면인은 재중에게 호의적으로 말했지만, 재중은 나직하게 웃으면서 응대했다.

"다음에 만난다면 적이겠지."

그 말을 끝으로 재중이 먼저 복면인을 지나쳐서 골목을 빠져나가 버렸다.

그리고 그렇게 가버리는 재중을 본 복면인은,

"이런, 이런. 잠룡이 아니라 곧 승천할 용이었군. 후후훗, 하지만 과연 세상이 용을 가만둘까? 후후후후훗."

재중을 용에 비유하면서 어둠 속으로 사라져 버린 복면인이다.

Chapter 12
다크 하이드 (Dark hide)

재중귀환록

—마스터.

재중이 골목을 벗어나자마자 어둠 속에서 모습을 드러낸 테라가 굳은 표정으로 다가왔다.

"됐어. 놔둬."

—하지만 마스터의 정체를 어느 정도 알고 있는 녀석이에요.

테라는 재중의 정체가 조금이지만 드러났다는 것이 걱정된 듯 당장이라도 복면인을 따라가려고 했다.

하지만 재중이 그런 테라의 손을 잡아버렸다.

"그냥 놔둬."

―하지만… 이대로는 불안 요소를 남겨두는 것과 같아요.

"물론 그럴 수도 있겠지. 하지만 지금 녀석들을 건드리는 것은 우리에게도 손해야."

재중은 흑기병, 그리고 테라가 전부이다.

하지만 상대는 복면인 하나만 봐도 범상치 않은데 녀석이 분명히 말했다.

자신이 모시는 분들이라고 복수형으로 표현한 것.

그것이 재중이 지금 자신이 불리하다고 판단하는 이유였다.

그리고 감시위성을 마음대로 다루는 위치에 있거나 아니면 그 정도 능력이 있다는 것도 이미 확인한 상태이다.

만약 재중이 자신 혼자였다면 복면인이든 뭐든 그저 눈앞에 나타나는 순간 처리해 버렸을 것이다.

하지만 재중에게는 연아가 있었다.

그리고 평범하게 결혼해서 행복하게 살아가는 연아의 모습을 보고 싶은 것이 재중의 소망이기도 하다.

그런데 지금 녀석들과 전쟁이라도 벌어지면 객관적으로 봐도 재중이 불리한 것은 사실이다.

무엇보다 연아에게 어떤 위험이 닥칠지 짐작하기 힘들다

는 것이 지금 재중이 복면인을 조용히 보낸 이유이기도 했
다.

자신은 평범한 가정을 꾸리는 것이 불가능한 이상, 재중
에게 연아는 마지막 희망이었다.

연아는 재중의 이런 상황을 전혀 모르기에 자신에게 너
무 신경 쓰는 재중이 이해가 가지 않을지도 모르지만 말이
다.

"흑기병."

―네, 마스터.

재중이 나직이 부르자 재중의 그림자에서 흑기병이 튀어
나왔다.

"방금 그 복면인이 사용했던 은신술, 왠지 낯익지 않아?"

어둠 속에서 모습을 드러낸 복면의 은신술, 어떻게 보면
그냥 은신술일지도 모르지만 재중에게는 너무나 낯익었다.

―다크 하이드(Dark hide)였습니다.

―뭐? 다크 하이드라고? 말도 안 돼!

흑기병의 말에 테라가 놀란 표정을 숨기지 못했다.

다크 하이드는 말 그대로 어둠 속에 숨는 은신술의 이름
이다.

하지만 테라가 이렇게 놀라는 이유는 따로 있었다.

그 기술이 대류에서도 보기 힘든 종족들이 사용한다고 알려져 있기 때문이다.

"다크 하이드라……. 다크 엘프인가?"

나직이 중얼거린 재중의 말에 테라도 흑기병도 잠시 입을 다물었다.

다크 하이드는 어둠 속에 완전히 녹아들 듯 자신의 모든 것을 감추는 것으로, 어째신들이 아무리 기술이 좋아도 절대로 따라잡을 수 없는 것이 바로 다크 하이드였다.

다크 엘프들이 사용한다고 알려진 다크 하이드는 정말 어둠 속에 녹아들 듯 사라지는 것이니 말이다.

다크 하이드로 숨어 있는 녀석을 찾겠다고 어둠 속을 아무리 찌르고 찾아봐도 절대로 찾지 못한다.

왜냐하면 어둠 속에 완전히 동화되어 버리기 때문이다.

다크 하이드로 숨어버리면 만질 수도, 그렇다고 느낄 수도 없는 것이 일반적이다.

그리고 그 때문에 다크 엘프는 귀족들이 가장 두려워하는 종족 중의 하나이기도 했다.

하지만 드래고니안들에게 대류이 피로 물들었을 때 다크 엘프는 가장 먼저 그들 손에 멸족했다고 들었다.

그 말은 대류에서조차 더 이상 다크 하이드를 사용하는 종족이 없다는 것이다.

물론 흑기병은 제외였다.

흑기병은 드래곤이 만든 가디언이기 때문이다.

흑기병이 사용하는 기술은 다크 하이드와 비슷하긴 하지만 그 본질이 완전히 다른 것이다.

흑기병의 것은 드래곤의 마법과 지식으로 새롭게 만들어진 기술이었다.

다크 하이드보다 상위 기술이며 흑기병이 원한다면 비록 가본 곳에 한해서지만 몇 명이든 어둠을 통해 이동할 수 있는 능력이었다.

하지만 흑기병의 그런 능력도 결국 다크 하이드를 베이스로 만들어졌기에 복면인이 재중의 그림자에 숨어 있는 흑기병의 존재를 알아차린 것이다.

─마스터, 아무래도 상대가 쉽지 않을 것 같은데요.

테라는 다크 하이드를 인간이 사용한다는 것부터 대륙에서도 들어본 적이 없는 상황이기에 충분히 놀라고 있었다.

그리고 그 놀람만큼 상대가 어떤 녀석들인지 짐작조차 하지 못하게 되었다.

"우선은 지켜보는 걸로 만족해야겠지."

상대의 정체도 모르는 판에 괜히 건드려 봐야 손해 보는 것은 자신이기에 재중은 미련 없이 고개를 돌렸다.

하지만 잊어서는 안 되는 것이 하나 있었다.

"테라."

―네, 마스터.

상황이 제법 심각한 만큼 평소 발랄한 테라의 목소리도 나직하게 가라앉아 있다.

"감시위성을 처리할 방법이 있어야겠다."

―네. 안 그래도 지금 고민 중이에요.

테라도 연결된 영혼으로 재중이 복면과 나눈 대화를 모두 듣고 있었다.

감시위성까지 나왔을 때는 테라 역시 재중만큼이나 많이 놀랐다.

그저 검예가를 차지하려는 어둠의 세력 중 하나인 줄로만 알았던 녀석들이 감시위성까지 동원해서 재중에 대해서 알아봤다는 것이다.

그것은 세력도 세력이지만 놈들이 자신들 모르게 얼마든지 감시할 수 있다는 말이었다.

―그럼 마스터, 미국으로 가시는 것은 잠시 미뤄야겠네요?

천 회장과 약속한 신승주를 치료하기 위해 미국으로 가려고 했던 것을 떠올리며 테라가 물었다.

하지만 재중은 고개를 저으면서 말했다.

"아니. 가야 해."

―네? 어째서요? 적이 될 녀석들이 있는데 카페를 비우면 아무래도 작은 마스터에게 위험하지 않을까요?

테라가 있다고 하지만 그래도 재중이 있는 것과 없는 것의 차이가 분명히 있었다.

하지만 재중은 테라의 그런 걱정에도 웃으면서 대답했다.

"그래서 가야 하는 거야. 녀석들에게 내가 적대적이지 않다는 것을 행동으로 보여주어야 나에게 시선을 거둘 테니 말이야."

―…하지만… 녀석들이 계속 감시한다면요?

씨익.

테라의 말에 재중이 입가에 미소를 띠었다.

"이제부터 테라 너의 능력이 필요할 것 같구나."

―네? ―

"은밀하게 찾아야 한다. 녀석들이 자신의 뒤를 밟고 있다는 것조차 느끼지 못할 만큼 아주 은밀하게 말이야."

재중의 말에 테라의 눈동자가 천천히 변하더니 마치 밤하늘에 별이 빛나는 것처럼 반짝거리기 시작했다.

―그럼 마스터, 제 마법 제한 풀어주시는 건가요?

딱히 봉인을 해서 테라의 마법을 제한한 것은 아니지만

마법을 함부로 쓰지 말라는 명령 자체가 테라에게는 하나의 제한이나 마찬가지였다.

"모든 것을 동원해도 좋아. 단 은밀하게 진행해야 한다."

―옛썰! 뼈가 부서지도록 분골쇄신하겠습니다.

"그건 또 어디서 배웠니?"

꼭 한 번씩 분위기에 맞지 않는 이상한 말을 하는 테라다.

이번에도 재중이 물어보자,

―무협 드라마에서요.

"…이제는 무협 드라마까지 보니?"

―네~ 얼마나 재미있는데요? 완전 코미디예요.

"하긴 너한테는 그렇겠지."

실제 오러와 전쟁을 치른 테라는 정말 전쟁이 뭔지, 인간의 한계를 벗어난 초인들이 어떻게 움직이는지 너무나 잘 알고 있다.

테라에게 무협 드라마에서 나오는 와이어 액션은 하나의 몸짓에 불과했던 것이다.

그리고 그런 몸짓이 웬만한 몸 개그 못지않게 느껴진 듯했다.

사실 사람들은 와이어 액션인 것을 다 알면서도 순수하

게 영화를 본다는 생각으로 보지만, 테라는 그게 아니라 오로지 자신이 알고 있는 지식, 경험을 기준으로 모든 것을 생각하는 편이다.

당연히 TV에 나오는 드라마나 영화도 그 범주에서 벗어날 수가 없었다.

그저 영화나 드라마를 보는 시각의 차이일 뿐이지만 그 작은 시각의 차이로 인해 받아들이는 것이 완전 달라져 버린 것이다.

―아, 그리고 마스터, 보고할 게 있어요.

"보고?"

갑작스런 복면인의 등장으로 인해 잠시 잊고 있었는지 카페로 들어가려는 재중에게 급하게 말을 꺼낸 테라다.

―정태만의 움직임이 조금 이상해요.

"정태만? 뭐가 이상하다는 거지?"

한때는 삼촌이라고 불렸던, 세상에 살아 있는 것이 고마운 존재.

그래서 부숴 버릴 기쁨을 남겨줘서 행복한 녀석이 바로 정태만이다.

―그게 최근에서야 알았는데 작은 연예기획사를 소유하고 있던데요.

"연예기획사?"

─네, 뭐 연습생 다섯 명에 작은 임대 건물이 전부지만 정식으로 JTM엔터테인먼트라고 등록까지 되어 있어요.

연예 사업은 재중도 황금알을 낳는 사업이라는 것을 알고 있을 만큼 돈이 되는 것이 사실이다.

현재 국내 연예계를 이끌어가는 3대 기획사의 주인으로 있는 사람 모두 한때 연예인으로 생활하다 기획사를 차려 크게 성공을 거둔 사람들이니 말이다.

몇 백 억의 재산은 가볍게 넘기는 사람들이 있는 곳, 그리고 무에서 유를 창조하는 사업.

그것이 바로 연예 사업이다.

하지만 그건 성공했을 때의 이야기다.

듣기로 매년 한국에 걸 그룹으로 데뷔하는 숫자가 100~200이나 된다.

하지만 과연 이 중에 얼마나 살아남을까 묻는다면 이구동성으로 말할 것이다.

살아남는 걸 그룹은 불과 1~2%라고 말이다.

그리고 나머지는 모조리 방송 한 번 나오지 못하고 사라지기 일쑤이다.

성공하면 대박 터지는 사업, 하지만 실패하면 완전히 망하는 사업이 바로 연예 사업의 또 다른 모습인 것이다.

"그런데 그게 왜?"

재중은 딱히 연예기획사를 정태만이 가지고 있다는 것이 그리 신기하진 않았다.

돈이 된다면 조카도 버리는 인간인데, 연예기획사쯤이야 너무나 당연했으니 말이다.

—그게 며칠 전부터 기획사의 자금 사정이 별로 좋지 않은 것 같은데 이상하게 그때부터 정태만이 연습생을 한 명씩 데리고 밤에 사라지고 있어요.

"사라져?"

—네, 그리고 벌써 다섯 명이나 있던 연습생 중에 네 명이 사라져 버렸어요. 그리고 오늘도 마지막 남은 연습생 한 명을 데리고 어디론가 사라질 것 같아요.

테라의 말을 듣던 재중이 잠시 생각하더니,

"추적은?"

—우선 인천항구 쪽으로 빠지는 것은 확인했지만 그 이상은 우선 마스터에게 보고를 해야 할지 판단하기가 애매해 두고 보고 있어요.

"사라진다……. 혹시 사라진 연습생이 집으로 돌아가거나 그런 건 아니고?"

기획사가 어렵다면 연습생과 계약을 해지하는 경우도 있다고 들은 적이 있다.

재중이 물어보자 테라는 고개를 저었다.

―알아보니 연습생 모두 고아원 출신이었어요. 그래서 기획사에서 빌려준 원룸에서 함께 살고 있었고요. 처음부터 그들에게 돌아갈 집은 없기에 돌아가는 것은 불가능해요 그리고 사라진 연습생은 흔적조차 없고요.

이상했다.

연습생 다섯 명이 전원 고아원 출신이라는 것도 이상했지만, 며칠 동안 사라진 연습생의 흔적을 테라가 찾을 수 없다는 것이 재중으로서는 쉽게 이해가 가지 않았다.

"외국은 어때?"

혹시나 해서 재중이 물어보자,

―현재 제 패밀리어는 모두 마스터의 주변과 정태만의 주변에 집중되어 있어요. 그래서 외국은 따로 패밀리어를 만들어서 보내야만 해요. 만들어 보낼까요?

재중이 알고 있는 정태만은 돈을 위해서라면 핏줄까지 버리는 놈이다.

그런데 그런 녀석이 과연 기획사 자금 사정이 어렵다고 고아원 출신의 연습생을 보살펴 줄까?

어림도 없는 소리다.

그놈은 연습생도 버릴 것이다.

하지만 듣기로 기획사에 연습생으로 있을 때 쓰는 돈은 모두 기획사에서 지불한다고 들었다.

그리고 그렇게 연습생으로 있을 때 쓴 돈은 데뷔를 하게 되면 그때부터 빚으로 남는 것이다.

한때 잘나가던 아이돌들이 몇 년 동안 정상의 인기를 누리면서 활동을 했지만 정작 자신들 손에 남는 돈은 푼돈이라는 것에 불만이 터져 나와 언론에 퍼져 이슈가 된 적이 있다.

일명 노예계약이라고 해서 연습생 때 쓴 돈을 데뷔를 해서 갚아야 하는, 한마디로 노예문서나 마찬가지인 계약서 말이다.

춤, 노래, 연기, 그리고 숙소 등 기본적인 용돈을 제외하고는 모두 기획사가 부담하는 것이다.

기획사 쪽에서는 자신들이 뽑은 연습생의 미래를 보고 투자하는 것이고, 연습생은 그런 투자를 받으면서 자신의 가치를 올리는 것이 바로 현재 기획사 시스템이었다.

그런데 정태만이 연습생 다섯 명에 그동안 들어간 돈을 쉽게 포기할 리가 없었다.

"테라, 안내해."

자신이 아는 정태만이라는 인간은 돈을 위해서는 무엇이든 버리는 인간이다.

사라진 연습생들이 어디로 갔을지 대충 짐작이 되자 재중은 즉각 움직였다.

―네, 마스터!

테라도 갑자기 재중이 급하게 움직이자 서둘러 어둠 속으로 먼저 뛰어들어 안내를 시작했다.

뒤따라 재중도 어둠 속으로 사라졌다.

Chapter 13
모두 부숴 버려라

"역시… 예상이 맞았군."

재중은 인천항이 한눈에 내려다보이는 타워크레인 가장 끝에 사뿐히 내려선 상태였다.

재중은 내려다보이는 모습에 기가 막혔다.

"사장님, 이건… 이건……."

연습생은 기껏해야 접대 정도나 생각했는데 막상 도착한 곳은 인천항구, 그것도 인적조차 찾아보기 힘든 구석진 곳으로 데리고 온 것에 덜컥 겁을 먹은 상태였다.

그리고 그런 그녀를 맞이한 것은 바로 중국인이었다.

그런데 중국인을 만나자마자 정태만의 입에서 능숙한 중국어가 바로 튀어나왔다.

"정 사장님~"

"오, 창 대인."

이미 서로 알고 지낸 지 오래된 듯 만나자마자 반갑게 웃으면서 얼싸안고 서로의 등을 두드린다.

그 모습은 흡사 헤어진 가족이 오랜만에 다시 만난 듯했다.

하지만 정태만이 만난 중국인은 바로 중국의 삼합회 인물이었다.

그리고 삼합회 중에서도 인신매매를 중심으로 다루는 녀석들이었다.

"사장님, 누구세요?"

지금 이 순간에도 연습생의 본능은 도망치라고 소리치고 있지만 그래도 지금까지 자신을 돌봐준 정태만을 믿고 있는지 그의 뒤에 숨으려 했다.

덥석!

그런 연습생의 손목을 거칠게 잡은 것은 방금 정태만과 인사한 창 대인이라는 녀석이다.

"호오, 이번에는 특상품이군요?"

창 대인이 연습생의 몸매와 얼굴, 그리고 피부를 살펴보면서 만족한 듯한 표정을 지어 보이자 정태만도 덩달아 기분이 좋아졌다.

"가장 아끼던 아이입니다. 물론 그만큼 정성을 들였다는 것도 창 대인께서 알아주셨으면 합니다만……."

말꼬리를 살짝 흘린 정태만이 슬쩍 창 대인을 쳐다봤다.

"이런 상품만 계속 거래해 주신다면야 저희로서는 얼마든지 돈을 지불할 용의가 있습니다."

창 대인이 고개를 끄덕거리자 창 대인의 뒤에 있던 부하가 앞으로 나서며 정태만에게 작은 가방을 하나 내밀었다.

"좋은 거래는 언제나 즐거움이 남는 법이지요. 하하하하하!"

정태만이 가방을 집어 들면서 즐거운 듯 한마디 하자, 창 대인이 그런 정태만의 손목을 잡았다.

"정 사장님, 처녀인 것은 확실하겠죠?"

창 대인이 굳이 비싼 돈을 주고 정태만에게서 여자를 사는 것은 모두 처녀라는 것과 잘 관리해서 웬만한 연예인 못지않은 미모와 몸매를 가지고 있기 때문이다.

한마디로 정태만에게서만 구할 수 있는 상품이기에 굳이 비싸더라도 매번 거래하기에 확인 차 다시 물어본 것이다.

"처녀가 아니라면 두 배로 환불해 드릴 것을 약속드립니다. 잊으셨습니까? 재작년에 제가 정확하게 두 배를 환불해

드린 것을?"

마치 자신의 신용을 의심하는 것은 있을 수 없는 일이라는 듯 자신있게 말하는 정태만이다.

"하하하, 역시 정 사장님이군요. 그러니 저희도 믿고 구매하는 겁니다."

"당연한 말씀을 하십니다."

"그럼 다음 거래는 언제쯤이나……?"

창 대인은 이번 연습생이 마음에 들었는지 벌써부터 다음 거래에 대해 물어온다.

"두 번째 기획사에서 키우고 있는 아이가 여섯 명 정도 있습니다만, 아직 조금 덜 여물어서 내년이나 가능할 듯합니다."

정태만이 창 대인에게 진심으로 아쉬우면서도 미안하다는 듯 말하자 창 대인도 정태만의 말에 아쉬움을 감추지 못했다.

"별수 없군요. 저희가 원하는 것은 최고의 상품이니 그정도는 기다릴 수밖에."

지금까지 정태만과 거래해서 만족하지 않은 적이 손에 꼽을 정도이기에 창 대인은 기다리기로 했다.

그런 창 대인의 모습에 정태만은 환하게 웃으면서 말했다.

"언제나 정성과 품질을 최우선으로 생각하겠습니다."

"그럼 다음 거래 때 뵙지요."

창 대인이 그길로 몸을 돌리자 부하들이 곧바로 연습생에게 다가가 입에 재갈을 물리고 손발을 묶기 시작했다.

"사장님!! 읍읍읍, 읍읍읍!"

정태만과 창 대인은 중국어로 대화를 나눴으니 연습생은 무슨 이야기가 오갔는지 전혀 알지 못했다.

그저 멍하니 있다가 갑자기 들이닥친 건장한 남자들에게 순식간에 묶여 버린 것이다.

그리고 그제야 연습생은 깨달았다.

자신이 팔려 간다는 것을 말이다.

그리고 그런 모습을 50미터 높이에서 모두 보고 들은 재중의 표정은 평소의 무표정하면서도 무심한 그것이 아니었다.

"테라."

―네, 마스터.

"아무래도 내가 생각을 잘못한 것 같다. 저 개 같은 새끼가 살아 있다는 것은 이 세상에 죄악이었구나."

―마스터.

"모두 부숴 버린다."

―…네, 마스터.

테라는 진심으로 화를 내는 재중의 모습에서 이미 재중이 받아야 할 유산 따위는 상관이 없다는 것을 느끼고는 조용히 대답했다.

"흑기병."

ㅡ네, 마스터.

"내려가자. 한 명이라도 살려야지."

자신의 안일한 생각과 대처로 인해 이미 중국으로 팔려간 다른 연습생들은 어쩔 수 없지만 지금 눈앞에 있는 연습생은 살려야 했다.

저벅.

타워크레인 끝에서 한 발 내디디면 곧바로 허공이다.

하지만 재중은 서슴없이 한 걸음 내디뎠고, 당연히 재중의 몸은 그대로 떨어져 내렸다.

멈칫!

그런데 한참을 떨어지던 재중의 몸이 땅에 거의 닿을 무렵 무언가에 걸린 듯 멈추더니 사뿐히 내려선다.

재중이 내려선 곳은 정확하게 삼합회 녀석들이 배에 오르기 위해서 가는 길목이었다.

"뭐지?"

창 대인은 순간 자신의 눈앞에 나타난 재중을 보고는 고개를 갸웃거렸다.

현재 이 시간에, 그것도 이곳에 사람이 없다는 것은 누구보다 자신이 잘 알고 있는데 말이다.

"네놈은 누구냐?"

창 대인이 뭔가 낌새가 이상하다는 것을 눈치챘는지 큰소리치면서 품에 손을 집어넣더니 권총을 꺼내 들었다.

하지만 재중은 아무 말도 없이 그저 천천히 걸어서 창 대인에게 다가가고 있다.

"네놈은 누구냐!! 정체를 밝혀라!!"

끼릭!

물음에 대답이 없자 창 대인이 권총의 노리쇠를 당기면서 재중을 정확하게 겨눴다.

"인터폴이냐?"

삼합회는 항상 인터폴의 감시를 염두에 두고 움직여야 했기에 창 대인이 재중을 보고 가장 먼저 떠올린 것도 바로 인터폴이었다.

하지만 그런 창 대인의 말에도 재중은 천천히 다가갈 뿐이다.

마치 어둠 속에 홀로 걷는 사람처럼 말이다.

"미친놈!"

탕!

창 대인은 결국 물어도 대답이 없는 재중의 모습에 방아쇠를 당겼다.

그런데도 재중은 여전히 걸어오고 있다.

"뭐지?"

지금까지 권총을 수천 번 사용했던 창 대인이다.

그리고 기껏 해봐야 재중과 자신의 거리는 겨우 10미터 남짓인데, 그 거리에서 자신의 권총이 빗나갔다는 건 말이 안 된다.

잠시 놀란 창 대인은 다시 방아쇠를 당겼다.

탕탕탕탕!!

연달아 네 발이나 총알을 쏴버린 것이다.

그리고 부하들도 품에서 권총을 꺼내 재중을 겨누기 시작했다.

"쏴버려!"

분명히 다섯 발이나 총을 쐈는데 재중의 걸음이 멈추지 않고 여전히 느리지만 자신에게 다가온다.

그 모습에 공포를 느낀 창 대인이 소리쳤다.

탕탕탕탕!! 탕탕탕탕탕!! 탕탕탕탕탕!!

아닌 밤중에 인천항구에 총소리가 요란하게 울려 퍼졌다.

창 대인도, 창 대인이 데려온 부하들도 탄창이 모두 떨어질 때까지 총알을 쐈는데 어찌 된 일인지 재중은 여전히 다가오고 있다.

"뭐, 뭐냐? 네, 네놈은 누구냐?"

지금까지 삼합회에 몸담고 있으면서 권총 수십 발을 맞고도 멀쩡히 걸어오는 녀석은 본 적이 없다.

창 대인이 공포에 질려 더듬거리는 목소리로 물어보자 그제야 재중이 걸음을 멈춰 섰다.

그리고 마치 저승사자의 미소와 같은 잔인한 미소를 입가에 그리더니,

"한 놈만 빼고 모두 죽여라!"

퍼걱!

재중의 말이 끝나자마자 갑자기 창 대인의 옆에 있던 부하의 머리가 수박 터지듯 뇌수를 사방에 뿌리면서 고깃덩어리로 변해 버렸다.

"뭐, 뭐야!! 지금 뭐냐, 이건!!"

창 대인은 갑작스런 부하의 죽음에 너무나 놀라서 머릿속이 멍해져 버렸다.

하지만 그 순간에도 창 대인의 부하들은 보이지 않는 공격에 머리가 수박 터지듯 사방에 피와 뇌수를 뿌리면서 죽어가고 있었다.

털썩!

그리고 불과 4~5초 정도 지났을까?

가장 가까이 있던 부하가 죽는 것으로 순식간에 혼자가 되어버린 창 대인이다.

혼자가 되어버린 창 대인, 그리고 그런 그 앞에 바싹 다가온 재중이다.

재중의 얼굴은 무표정하면서도 입가에 미소가 그려진 모습이 마치 가면을 쓴 것 같은 느낌이었다.

"지금까지 몇 명이나 사들였지?"

재중이 나직하게 중국어로 물어봤다.

"무, 무슨 말이요?"

발뺌하는 창 대인의 말에 재중의 눈가에 웃음이 그려지더니,

우드득!

"……?"

한순간에 창 대인의 오른팔이 뜯겨져 버렸다.

말 그대로 무언가 큰 힘으로 잡아당겨서 뜯어낸 듯 뜯겨져 버린 것이다.

"이건… 내 팔?"

분명히 눈으로 자신의 오른팔이 어깨부터 뜯겨져 나가는 것을 확인하고 있는 창 대인이다.

그런데 이상하게 고통이나 그 어떤 느낌도 없다.

마치 꿈속에서 느끼는 것처럼 말이다.

하지만 그런 창 대인의 상태와는 상관없이 재중이 다시 나직이 물었다.

"몇 명이나 사들였나?"

"…50명… 입니다."

"그럼 한 명당 얼마에 샀지?"

"그, 그건……."

또다시 재중의 물음에 머뭇거리자,

우드득!

이번에는 창 대인의 왼팔이 통째로 뜯겨져 버렸다.

피가 사방에 튀고 뜯겨진 팔이 땅바닥에서 근육 경련으로 팔딱거리는 장면을 눈으로 보고 있지만 어찌 된 영문인지 창 대인은 전혀 고통을 느낄 수 없었다.

"얼마에 샀지?"

"등급에 따라 천만 원에서 사천만 원까지 거래했습니다."

얼핏 보면 비싸다고 생각할 수 있겠지만 결코 비싼 것이 아니었다. 20대 초반의 젊고 싱싱한 여자다.

거기다 처녀라는 조건까지 붙어 있다.

연예지망생이니 얼굴과 몸매는 기본 옵션으로 따라붙는 것은 당연했다.

애초에 정태만은 연예계에 데뷔시키기 위해서 연습생을

키운 것이 아니라 창 대인을 통해 삼합회에 팔아버릴 목적으로 키운 것이니 삼합회의 요구 조건에 맞게 키운 것이다.

인신매매를 위해 키워진 연습생, 정말 비참한 현실이었다.

"너 삼합회 소속이지?"

"네."

"그럼 가서 전해, 네놈이 사 간 여자들 모두 돌려보내지 않는다면……."

씨익~

다시 재중의 입가에 미소가 번졌고, 그 미소는 창 대인의 뇌리에 바로 각인되었다.

"살아 있는 순간… 순간이 지옥일 거라고 말이야."

재중은 창 대인을 그대로 지나쳐 걸어가 온몸이 꽁꽁 묶여서 눈까지 가리고 있는 연습생을 봤다.

"테라."

—네, 마스터.

"쓰레기는 치워 버리고, 저건 중국에 버려."

—네.

재중의 명령을 들은 테라가 양손을 펼치더니 죽어버린 창 대인의 부하들 시체를 모조리 진공청소기처럼 빨아들여 버렸다.

핏자국, 살점 하나까지 말이다.

물론 창 대인의 뜯겨진 양팔도 함께 빨아들여 버렸다.

그저 단 한 번 손짓으로 아공간으로 흡입했을 뿐인데 이곳은 조금 전에 살육이 벌어졌던 곳이라고는 생각하지도 못할 만큼 깔끔해져 버렸다.

그리고 그렇게 청소가 끝난 뒤 아직도 멍하니 서 있는 창 대인의 곁으로 가서는,

—힐링(Healing).

치료 마법으로 양팔에서 흘러내리던 피를 치료하고는 그대로 목덜미를 움켜쥐고 사라져 버렸다.

테라가 그렇게 모두 처리하고 나자 그제야 재중은 묶여 있던 연습생의 눈가리개부터 풀어주었다.

"흡흡흡!! 흡흡흡!!"

눈가리개가 풀리고 재중의 얼굴이 보이자 연습생은 온몸을 바동거리면서 난리를 치기 시작했다.

그런 그녀의 모습을 보던 재중이 나직하게 입을 열었다.

"콘크리트 바닥에 그렇게 몸을 흔들면 몸에 상처 납니다."

입에 재갈을 풀어주자,

"살려주세요! 제발 살려주세요! 시키는 거 다 할게요! 살려주세요! 흑흑흑!!"

연습생이 눈물을 흘리면서 재중에게 애원하기 시작했다.

그런 그녀의 모습이 재중의 눈에는 처절하게만 보였다.

고아로 자라 세상에 무언가 이뤄보겠다고 죽을힘을 힘을 다해 몸부림친 결과 돈에 팔려 중국으로 끌려가는 신세였던 것이다.

재중이 그녀의 손발을 묶고 있는 매듭까지 모두 풀어주자 그녀는 무릎이 까져서 피가 흐르는 것도 아랑곳하지 않고 재중 앞에 무릎 꿇고 엎드려서는 빌기 시작했다.

"제발 살려주세요. 살려주세요. 시키는 거 다 할게요. 제발… 살려주세요."

이미 그녀의 귀에는 재중의 말이 들리지 않고 있는 것이다.

갑자기 자신이 팔려 간다는 충격 때문인 듯했다.

그리고 그런 그녀를 가만히 지켜보던 재중이 먼저 손을 뻗어 그녀를 따뜻하게 안아주었다.

"괜찮아요. 이제는 내가 지켜줄게요. 그러니 괜찮아요."

"살려주세요. 살려… 살려… 주세요. 흑흑흑흑, 제발… 살려……."

그녀는 그저 열심히 살겠다는 희망을 꿈꾸었을 뿐이다.

그런데 그것이 그녀에게는 자신을 죽이는 지름길이었던 것이다.

토닥토닥.

"괜찮아요. 이제 모든 것이 끝났어요. 끝났어."

재중이 한참을 그렇게 안아주고 가만히 속삭이듯 말하면서 등을 두드려 주자 그녀도 조금씩 안정을 찾아가기 시작했다.

근 30분가량 재중의 품에서 울기만 하던 그녀가 제정신을 차린 것은 그나마 재중이 포근하게 안아주었기 때문이다.

"고맙습니다."

나중에서야 제정신을 차린 그녀가 얼굴이 붉어진 채 재중의 품에서 빠져나왔다.

그녀는 고개를 푹 숙이고 감사의 인사를 했지만, 처음 보는 남자의 품에서 그렇게 한참 동안 울었다는 것이 부끄러운지 쉽게 고개를 들지 못했다.

"이름이 뭐예요?"

재중이 그저 분위기를 부드럽게 할 생각으로 이름을 물어봤다.

"유서린… 이에요."

"예쁜 이름이네."

이름도 예쁘고 얼굴도 예뻤다.

하긴 연예인을 하겠다고 열심히 노력했지만 기본 바탕인

얼굴이 따라줘야만 그것도 가능한 일이다.

정태만이 그런 것을 보지도 않고 골랐을 리는 없으니 말이다.

재중이 정태만과 어떻게 만났는지 묻기 시작하자 담담한 목소리로 재중에게 모두 이야기하기 시작했는데, 내용을 들은 재중은 절로 한숨이 나왔다.

"그러니까 열다섯 살 때쯤 정태만이 고아원에 찾아와서 연습생으로 뽑아 갔단 말이군요."

"네."

유서린의 현재 나이는 스무 살이라고 했다.

여자로서는 한창 꽃피울 나이이다.

"갈 곳이 있나요?"

재중이 물어보자 유서린은 생각할 것도 없이 천천히 고개를 저었다.

이제 와서 고아원으로 돌아갈 수도 없었다.

이미 나이가 다 차버렸으니 말이다.

거기다 고아원에서 바로 정태만에게 이끌려 연습생으로 들어가 숙소와 연습실에만 지냈기에 세상 살아가는 것에 대해서는 아무것도 몰랐다.

여기서 재중은 또 한 번 분노를 느낄 수밖에 없었는데, 그 이유는 바로 정태만이 유서린처럼 어디도 갈 곳이 없는 여자애들만 골라서 사육했다는 점 때문이다.

물어보니 버스비도 얼마인지 모르고 있다.

거기다 TV도 가수들이 나와서 춤추고 노래하는 화려한 무대만 보여주고 그 외에는 모든 것을 금지시켰다.

세뇌에 가까운 교육에 사육에 가까운 감금인 것이다.

"그럼 나와 갈래요?"

재중이 조용히 손을 내밀었다.

강요는 하기 싫은 재중이다.

만약 유서린이 자신의 손을 잡는다면 카페로 데리고 갈 것이다.

그리고 천천히 사회에 적응하도록 시간을 두고 가르치면 될 것이다.

"……."

하지만 유서린은 재중이 내민 손을 선뜻 잡지 못했다.

당연했다.

정태만이 내민 손을 잡았다가 팔려 갈 뻔했으니 말이다.

하지만 재중은 여전히 손을 내밀고 있다.

선택은 본인 스스로가 하는 것이니 말이다.

후회를 해도 본인이, 만족을 해도 본인이 하는 것이다.

그저 재중은 조용히 손을 내밀고 기다릴 뿐이다.

"저기… 당신은 이름이 뭐예요?"

한참을 고민하듯 심하게 눈동자가 흔들리던 유서린이 고개를 천천히 들어 재중을 바라보면서 물어봤다.

"재중… 선우재중이라고 해요."

"멋진 이름이네요."

재중의 이름을 들은 유서린은 조그맣게 입가에 미소를 지으면서 재중이 내민 손을 살며시 움켜잡았다.

*   *   *

"여기는……?"

유서린은 재중을 따라오긴 했지만 설마 원목에 3층짜리 카페를 운영하는 사장일 줄은 몰랐다.

놀란 눈으로 재중을 쳐다봤다가 카페를 봤다가 한다.

"한동안 이곳에서 지내면서 일어서 봐요."

"…네."

유서린도 재중이 말하는 일어서라는 말이 무슨 뜻인지 알고 있기에 조용히 고개를 끄덕였다.

한밤중에 느닷없이 재중이 젊고 예쁜 여자를 데리고 오자 카페 지하는 갑자기 한바탕 난리가 났지만 차분하게 재중이 설명하자 의외로 쉽게 진정되었다.

물론 사기꾼 연예기획사에 걸려서 잡혀가던 유서린이 운

좋게 도망쳐서 재중을 만났다는 소설을 썼지만 말이다.

유서린도 재중의 말에 동의한 것이다.

재중이 이곳에 머물게 해주는 것만으로도 너무나 고마웠으니 말이다.

우선 유서린을 연아와 같은 방에 머물도록 했다.

아직 충격에 완전히 벗어나지 않은 유서린을 혼자 두는 것은 위험하다는 재중의 판단에 연아도 흔쾌히 허락했다.

그렇게 상황을 정리한 재중은 다시 발걸음을 돌려 카페를 벗어났다.

"테라."

—네, 마스터.

"정태만은 어디에 있지?"

—현재 본스라는 술집에 있습니다.

"크크큭, 아주 살판나셨구만그래. 크크크큭, 그 술집 주인이 누구지?"

재중이 묻는 말의 의도를 파악한 테라가 입가에 미소를 짓더니,

—정태만의 소유입니다, 마스터.

"크크큭, 그럼 아주 산산이 부숴 버려야겠군. 아주 산산이 말이야. 크크크큭."

재중이 발걸음을 옮겨서 몇 걸음 걷다가 멈추더니,

"흑기병."

—네, 마스터.

재중이 부르자 언제나처럼 재중의 그림자에서 튀어나온 흑기병이다.

"넌 여기서 가족을 지켜라."

—알겠습니다.

테라라면 앙탈을 부렸겠지만 흑기병은 그런 것이 없었다.

오로지 명령을 받으면 실행하는 것, 그것이 전부였다.

물론 지금의 분위기에서 흑기병과 같은 명령을 받았다면 테라도 아마 조용히 따랐을 테지만 말이다.

"테라, 안내해."

—네, 마스터.

테라가 먼저 어둠 속으로 사라지고 재중도 어둠 속으로 사라져 버렸다.

동시에 재중의 명령을 받은 흑기병은 천천히 몸을 돌려 카페로 사라졌다.

"크크큭, 사람 팔아 번 돈으로 마시는 술은 과연 어떤 맛일까?"

재중이 모습을 드러낸 곳은 강남에서도 제법 유명한 본

스라는 칵테일 바였다.

물론 건물도 정태만의 소유였다.

정태만이 소유한 본스가 유명한 것은 특이하게 바로 건물 옥상에 있는 야외에서 칵테일을 마실 수 있도록 된 인테리어와 디자인 덕이었다.

그 때문인지 본스는 나름 강남에서 잘나가는 칵테일 바 중 하나였다.

그리고 그런 본스를 하늘 위에서 내려다보고 있는 재중의 입가에 환한 미소가 그려져 있다.

"죄 없는 사람들까지 죽여 버리면 안 되겠지?"

혼잣말처럼 중얼거린 재중이 테라를 슬쩍 보더니 명령했다.

"다 쫓아내 버려."

─넷, 마스터.

평소와 달리 테라도 흑기병처럼 재중의 명령에 충실히 따르는 모습이다.

지금 재중의 분위기에 장난치다가는 어떤 벌을 받을지 모르니 눈치껏 행동하는 것이다.

─염원의 타오르는 불길이여, 그대를 가로막는 것에 죄를 물을 지니! 파이어 월!

테라가 선택한 것은 바로 불이었다.

그것도 비상계단만 빼고 불을 지르는 교묘한 방법이다.

따르르르르!! 따르르르르르르르르르르릉!!

"꺄악!! 불이야, 불!!"

"갑자기 웬 불이야!!"

느닷없이 1층부터 8층까지 불길이 동시에 피어오르자 비상벨이 건물 전체를 집어삼킬 듯 요란하게 울어대기 시작했다.

불길이 눈에 보일 만큼 활활 타오르자 아비규환이 따로 없었다.

서로 불이 없는 비상계단으로 몰려들었으니 말이다.

그런데 웃긴 것은 여자가 넘어졌는데 다들 넘어진 여자를 밟고 지나가고 있다.

천만다행으로 칵테일 바의 사람이 그리 많지 않았기에 여자는 밟히긴 했지만 일어나 아픈 것도 잊고 비상계단을 통해 뛰기 시작했다.

오로지 살겠다는 일념 하나뿐인 듯 힐의 굽이 부러지자 망설임 없이 힐을 벗어버리고 맨발로 뛰어 내려가고 있다.

애앵!! 애애앵애앵!!

"소방차가 제법 빠른데?"

재중은 테라가 파이어 월을 시전한 지 불과 5분 만에 소방차가 오는 모습에 조금 놀란 표정을 지었다.

웬만해서는 대한민국에서 소방차가 이렇게 일찍 오는 경우가 흔하지 않았으니 말이다.

"뭐 상관없겠지."

소방차가 와도 사실 딱히 문제될 것은 없다.

재중은 고개를 돌려 사람이 다 빠져나간 정태만 소유의 건물을 가만히 내려다보더니 테라에게 명령했다.

"테라, 건물 전체를 실드로 둘러싸도록 해."

―네? 건물 전체를요?

"그래."

그렇게 말하고는 갑자기 재중의 몸이 하늘로 올라가기 시작했다.

―헐! 설마 마스터… 그걸… 하시려는?

테라는 재중의 몸이 계속 하늘로 올라가자 왜 건물을 실드로 둘러싸라고 했는지 바로 이해했다.

―만물을 지키는 힘이여, 마나를 부리는 나의 힘이여, 보호를 위한 힘을 보여주소서! 실드 월!

작은 실드로는 어림도 없다는 판단에 테라가 실드를 하나의 벽처럼 두껍게 둘러싸 버렸다.

물론 일반 사람들의 눈에는 전혀 보이지 않겠지만 말이다.

한편 하늘로 올라간 재중은 정태만의 건물이 하나의 점으로 보이자 그제야 올라가던 것을 멈췄다.

이내 재중의 눈동자가 은색으로 바뀌기 시작했다.

그리고 얼굴 피부 역시 은색으로 변하더니 점점 몸 전체가 은색으로 변했다.

마지막으로 머리카락까지 은색으로 완전히 변하자 마치 재중의 몸이 하나의 오리하르콘 덩어리처럼 변해 버렸다.

은색으로의 변화가 완전히 끝나자 재중은 다시 한 번 작은 점으로 변한 정태만의 건물을 유심히 보더니 곧 떨어져 내리기 시작했다.

쎄에에에에에에엑!!

처음은 그저 느린 듯했지만 점점 그 속도가 빨라지면서 재중의 주변으로 공기의 기류가 형성된다. 마치 공기를 찢으면서 떨어지는 것 같은 모습이다.

그리고 어느 정도 속도가 붙자 재중의 몸이 천천히 회전하기 시작했다.

휙휙휙휙휙휙!! 휘리리리릴릭!!

한 바퀴, 두 바퀴, 세 바퀴.

점점 회전이 많아질수록 떨어지는 속도와 함께 주변의 공기를 모두 흡수한 듯 커다란 소용돌이가 하늘에서 떨어져 내리고 있는 듯한 착각이 들었다.

이제 회오리에 재중의 모습은 보이지도 않았다.

실드 월을 설치하고 조금 떨어진 곳에서 그 모습을 지켜보던 테라가 중얼거렸다.

─역시나 스크류 메테오를 쓰시네. 웬만큼 화가 나지 않고는 쓰지 않는 기술인데.

대륙에서도 딱 한 번, 드래고니안이 자신의 레어에 숨어서 농성을 벌일 때 사용한 기술이 바로 지금 재중이 사용하고 있는 스크류 메테오이다.

일반 마법 메테오와 달리 재중의 몸을 중심으로 사용되는 스크류 메테오는 땅속 200미터까지 파고들어 가는 위력을 가지고 있었다.

재중의 몸이 얼마나 높은 곳에서 떨어지느냐에 따라 작게는 작은 공원을 초토화시키는 수준에서 여의도 크기까지 한순간에 쓸어버리는 파괴력을 가지고 있다.

다만 시작한 높이가 그리 높지 않은 것을 본 테라는 건물만 부숴 버릴 만큼 적당히 신경 썼다는 것을 알고 있을 뿐이다.

휘리리리리릭!!

"저건 뭐지?"

공기가 찢어지면서 요란한 소리가 들리자 사람들의 시선

이 자연스럽게 하늘로 향했고, 동시에 재중의 스크류 메테오의 모습을 볼 수가 있었다.

"미사일인가?!"

"이쪽으로 온다!!"

갑작스럽게 벌어진 혼란이다.

그리고 정확하게 실드 월을 쳐놓은 정태만의 건물 위에 떨어진 스크류 메테오의 위력은 엄청났다.

콰아아아아악! 쿠쾅쾅!!!!

─헐! 정확하게 건물만 날려 버리셨네.

깨끗하게 날려 버린 것이다.

회오리에 건물의 파편조차 가루로 변해서 사방으로 흩날렸다.

건물을 이루고 있던 철골은 사방으로 튕겨 나가다가 테라가 쳐놓은 실드 월에 막혀서 다시 안으로 모여들기를 반복하더니 회오리가 사라졌을 때 남겨진 것은 커다란 쇠공 모양으로 뭉쳐진 철골뿐이었다.

그리고 조용히 모습을 감춘 재중이 다시 테라 옆에 모습을 드러냈다.

─마스터, 이제 시작이죠?

"크크큭, 모조리 부숴 버려야지. 흔적도 없이 말이야. 그리고 마지막에 정태만은… 크크큭."

아직도 가루가 흩날리는 곳을 지켜보던 재중과 테라는 조용히 어둠 속에 모습을 감추었다.

이제 겨우 하나를 처리했을 뿐이니 아직 해야 할 일이 많았다.

밤이 너무나도 긴 날이었다.

『재중 귀환록』 4권에 계속…

FANTASTIC ORIENTAL HEROES

용훈 新무협 판타지 소설

**무림공적, 천살마군 염세악!
검신 한호에게 잡혀 화산에 갇힌 지 백 년.**

와신상담… 절치부심… 복수무한…

세월은 이 모든 것을 잊게 하고
세상마저 그를 잊게 만들었다.
하지만.

"허면 어르신 함자가 어찌 되시는지……."
우연한 만남, 자신도 모르게 튀어나온 원수의 이름.
"그게… 한, 한호일세."

**허무함의 끝에서 예기치 않게 꼬인 행로.
화산파 안[in]의 절세마인, 염세악의 선택!**

도시의 주인

말리브 장편 소설
FUSION FANTASTIC STORY

말리브 작가의 신작 현대 판타지!

죽기 위해 오른 히말라야.
그러나, 죽음의 끝에 기연을 만나다!

『도시의 주인』

다시 한 번 주어진 운명.
이제까지의 과거는 없다!

소중한 이를 위해! 정의를 외친다!

Book Publishing CHUNGEORAM

**수십 년 전, 용병왕의 등장으로 생겨난
왕국과 용병의 세계.
평소엔 한없이 가볍지만 화나면 누구보다 무서운,
놀고먹고 싶은 그가 돌아왔다!**

하지만 바람과는 달리 과거 그의 앙숙과 대륙의 판도는
도저히 그를 놓아주질 않는데……

"용병은 그냥, 돈 받고 칼을 빌려주는 놈들이니까."

그의 용병 철학은 단순했다.

"물론, 누구에게 빌려주느냐가 문제겠지?"

Book Publishing CHUNGEORAM

유행이 아닌 자유추구
WWW.chungeoram.com